MARIE GRAY

Brennende Lust

Buch

Mit ihren Geschichten beflügelt Marie Gray die Fantasie. Mit Leichtigkeit und einer Menge Sexappeal erzählt sie von lustvollen Beziehungen. Da sind die Frau und ihr ganz besonderer Liebhaber: Obwohl sie sich bei ihrem Freund Jérémie in guten Händen weiß, gibt sie sich zwischendurch ihrem Vibrator hin: schamlos und unendlich zärtlich. Hugo und Sylvia dagegen finden ihren gemeinsamen erotischen Höhepunkt, wenn Sylvia ihre Fantasie von einem rücksichtslosen Liebhaber namens Richard lebendig werden lässt, der unerwartet in ihrer Wohnung auftaucht und so ganz das Gegenteil des vorsichtigen, zärtlichen Hugo ist. Oder die Geschichte eines Mannes, der sich den ganzen Bürotag hindurch in lustvollen Bildern ausmalt, wie es sein wird, wenn er seine Geliebte am Abend endlich wieder in die Arme schließen kann.

Amüsant, prickelnd und hocherotisch beschreibt Marie Gray die schönste Nebensache der Welt – augenzwinkernd, originell und immer mit einer großen Portion Humor.

Autorin

Marie Gray, 1963 in Laval, Quebec, geboren, war Rocksängerin, bevor sie sich als Autorin erotischer Geschichten einen Namen machte. Ihre Erzählungen erschienen zunächst in einem kleinen kanadischen Verlag und sind mittlerweile so erfolgreich, dass sie auch in andere Sprachen übersetzt werden.

Von Marie Gray außerdem bei Goldmann lieferbar:

In flagranti. Erotische Geschichten (45635)
Perlen der Lust. Erotische Geschichten (45520)
Roter Satin. Erotische Geschichten (45861)
Der Blick durchs Schlüsselloch. Erotische Geschichten (46192)

Marie Gray

Brennende Lust

Erotische Geschichten

Aus dem Französischen
von Anna Lichtenberg

GOLDMANN

Die Originalausgabe erschien 2003 unter dem Titel
»Rougir un peu, beaucoup, passionnément«
bei Guy Saint-Jean, Québec.

Umwelthinweis:
Alle bedruckten Materialien dieses Taschenbuches
sind chlorfrei und umweltschonend.

1. Auflage
Deutsche Erstausgabe Januar 2007
Wilhelm Goldmann Verlag, München,
in der Verlagsgruppe Random House GmbH

Umschlaggestaltung: Design Team München
Umschlagfoto: gettyimages/Neo Vision
KC · Herstellung: Str.
Satz: DTP-Service Apel, Hannover
Druck und Bindung: GGP Media GmbH, Pößneck
Printed in Germany
ISBN-10: 3-442-46213-4
ISBN-13: 978-3-442-46213-1

www.goldmann-verlag.de

Inhalt

Früher war ich ein Dummerchen

Früher war ich dumm. Im Ernst, richtig dumm. Mein ganzer Lebensinhalt ließ sich in einem einzigen Wort zusammenfassen: Gefallsucht. Mein Fall brachte selbst die sanfteste Feministin zur Weißglut. Erst wenn ich im Blick eines Mannes – ganz egal welchem – Begierde aufflackern sah, fühlte ich mich lebendig. Ansonsten war ich nur ein ziellos umher irrendes Wrack. Ich verlor jeden Halt und wurde immer mürrischer. Gelang es mir nicht, wenigstens einen flüchtigen Ausdruck der Bewunderung in den Augen eines Mannes aufblitzen zu lassen, fühlte ich mich wertlos, überflüssig, einfach nicht vorhanden.

Ich war mir durchaus bewusst, dass dies eine äußerst rückständige Auffassung war. Absolut billig. Ich unternahm sogar den Versuch, mich von diesem Zwang zu befreien, und unterzog mich einer mehrmonatigen Therapie. Doch als ich irgendwann einsah, dass keine Besserung abzusehen war, beschloss ich, mein Geld nicht länger aus dem Fenster zu werfen.

Dabei schien ich zunächst gar nicht dazu bestimmt, einmal ein solches Dummerchen zu werden. Meine Erzeuger waren hochintelligent und hatten sich beide ebenso erfüllenden wie lukrativen Karrieren verschrieben: ein Ingenieur und eine Rechtsanwältin. Alle Achtung! Ich selber hatte die Aufnahmeprüfung für die Uni mit links geschafft, da ich im Großen und Ganzen einigermaßen begabt bin. Stinkfaul, aber begabt. Mit etwas mehr Einsatz hätte ich es im akademischen Bereich zu einer eindrucksvollen Karriere bringen können. Doch da ich bisher mit einem Minimum an Aufwand immer gut durchgekommen war, sah ich keinen Grund, meine Gewohnheiten zu ändern. Ich besitze diese spezielle Art von Intelligenz, die darin besteht, zu wissen, wie man seine Kräfte schont.

Doch irgendwie gerieten die Dinge aus dem Ruder. Ich weiß nicht, zu welchem Zeitpunkt genau, doch irgendwann spürte ich, dass meine akademischen oder privaten Erfolge für mich nicht den geringsten Wert besaßen, solange ich nicht in den Augen der anderen – vor allem der Männer – jene Bewunderung und jenes Verlangen aufflackern sah, die ich für mein Selbstwertgefühl brauchte. Ich sorgte also dafür, dass rings um mich herum dieses Feuer loderte, nach dem ich mich so sehr verzehrte. Es gelang mir ohne Mühe, einen beachtlichen Kreis attraktiver und begabter junger Leute um mich zu versammeln, die mir die nötige Aufmerksamkeit und Begeisterung entgegenzubringen wussten. Möglicherweise hat das einen entscheidenden Beitrag zu meinem Untergang geleistet.

Ich muss sagen, dass ich ziemliches Talent hatte. Ich bin keine außergewöhnliche Schönheit, wusste aber einige meiner Reize – vor allem meine Augen – stets wohl zu nutzten, um den Männern bei meinem Anblick das Wasser im Mund zusammenlaufen zu lassen. Als sei ich eine köstliche Frucht, ein seltene Beute. Und mein Instinkt in Bezug auf ihre empfindlichen Saiten, die ich geschickt anzuschlagen wusste, täuschte mich so gut wie nie … Die hasserfüllten Blicke, die ich auf meinen erfolgreichen Jagdzügen von anderen Mädchen erntete, sprachen in dieser Hinsicht Bände.

Und doch gab es eigentlich keinen rechten Grund, stolz zu sein. Einen Mann zu verführen ist an sich noch kein großes Verdienst … Wir reden hier schließlich nicht von Kernphysik! Der nötige Aufwand verhält sich direkt proportional zum gewünschten Grad der Verführung. Und da ich keinen Mann zum Heiraten suchte, sondern nur ein simples Accessoire zum Ausleben meiner Eigenliebe, zur Befriedigung meiner Eitelkeit, musste ich mich in der Regel nur *empfänglich* zeigen und vor allem ein bisschen Eindruck machen. Da eine Begegnung mit einer Person vom anderen Geschlecht bei Männern oft dazu führt, dass ihr Gehirn die Regie an die Lendengegend abgibt, sind sie kinderleicht um den Finger zu wickeln, sobald ihre Neugier die Gürtelschnalle passiert hat.

Ich berauschte mich insbesondere an diesem magischen Moment, diesem winzigen Zeitabschnitt, in dem der gewisse Jemand begriff, dass er in Kürze in meine Armen liegen würde. Oder zwischen meinen Schenkeln. Sein Gehirn, augenblicklich überschwemmt von erotischen Fantasien, realisierte, dass ich ihm schon bald heiße Küsse gewähren würde und dabei meine Brüste an seinen Oberkörper pressen, meine feuchte Möse an seinem Bein reiben und sein steifes Glied mit meinem ungestümen Becken zermalmen würde. Vorausgesetzt, er spielte das Spielchen mit. Und dass sich im Anschluss daran vielleicht meine rot geschminkten Lippen um seinen pochenden Schwanz legen würden, während meine flinken Hände seinen Hintern durchwalkten. Dass ich solange gierig an ihm saugen, an ihm lecken und ihm leidenschaftlich einen blasen würde, bis ihm die Knie versagten und er um Gnade winselte. Im selben Moment der Klarsicht verstünde er, dass ich ihm sogar gestatten würde, sich in meinen lechzenden Mund zu ergießen und mich schließlich genüsslich wie eine verwöhnte Katze über den üppigen Nektar seiner Lust hermachen würde.

Ja, ich fand diesen Augenblick des Begreifens ganz und gar magisch und das Feuer, das im selben Moment in den Augen der Männer aufloderte, äußerst befriedigend. Der Jagdinstinkt, den jeder Mann in sich trägt, gewinnt dann vollständig die Oberhand und macht jede Art von Ratio zunichte. Bevor ein zarter und zögerlicher Schleier des Anstandes ihre schändlichen Triebe aufs Neue verhüllte, erhaschte ich einen untrüglichen Blick auf diese äußerste Form der Nacktheit. Wie ich diesen erhabenen Augenblick vergötterte! Diejenige zu sein, die sie für den Bruchteil einer Sekunde ihre zivilisierte Hülle verlieren ließ, war für mich das höchste der Gefühle.

An zweiter Stelle in der Hitliste meiner liebsten Momente folgte jener, bei dem mitten beim Blasen der Schwanz meines Liebhabers hart gegen meinen Rachen stieß, so dass ich fast keine Luft mehr bekam, während seine kräftigen Hände meine Haare gepackt hielten und die Bewegungen meines Kopfes seinem Willen unterwarfen. Ich liebte es, solche Begierde hervorzurufen und einen bebenden, hüpfenden und zuckenden Schwanz in meinem geschickten Mund zu spüren. Ich sog erst ganz sanft, gerade so viel wie nötig, und dann immer langsamer und intensiver. Allmählich beschleunigte ich wieder, überzog den dankbaren Schwanz mit meinem Speichel und liebkoste ihn mit meinem heißen Atem, wobei ich manchmal für einen kurzen Augenblick meiner Hand das Kommando überließ, um meine Zähne in seine Oberschenkel zu schlagen oder mit der Zunge ganz sanft über seine prallen Hoden zu fahren. Und manchmal, wenn mir der Sinn danach stand, eine besonders lebhafte Reaktion meines Opfers hervorzurufen, benutzte ich diese trügerische Ruhe, einen kühnen Finger zwischen seine angespannten Pobacken wandern und ihn sanft dort eindringen zu lassen. Um auf diese Weise seiner bereits trockenen Kehle ein absolut hinreißendes Stöhnen zu entlocken. In einem solchen Augenblick unterliegt der Mann dem erhebendsten Paradoxon überhaupt: Er ist einerseits extrem verletzlich – der Willkür meines Zungenschlages preisgegeben, der leisesten Berührung durch meine Zähne oder des sanftesten Drucks meines kecken Fingers – und andererseits mit einer grenzenlosen Macht versehen, die mich zum Werkzeug seiner Lust werden lässt, willig und unterwürfig zu seinen Füßen kniend. Ja, in der Tat fand ich die Männer beim Blasen absolut hinreißend. Es war nie nur ein simpler Blowjob, den sich frustrierte Ehefrauen oder hochnäsige Freundinnen mit spitzen Lippen abringen wie eine lästige Pflicht. Nein, meine Liebhaber kamen in den Genuss einer perfekten Fellatio.

Um noch spektakulärere Erfolge zu erzielen, also dem berühmten Funken des Begehrens in den geheimnisvollen Blicken noch eine Dimension hinzuzufügen, machte ich mir lange Zeit einen Spaß daraus, gerade solche Männer zu »pflücken«, die Aufmerksamkeit nicht gewohnt waren. Die

Schüchternen, denen es an Selbstvertrauen mangelte. Die Ladenhüter, die von Frauen meines Ranges in der Regel gar nicht wahrgenommen wurden. Ich hatte Vergnügen daran, sie zu reizen, nur um zu sehen, wie sich in ihren Zügen zuerst Ungläubigkeit und dann Genugtuung breitmachten. Einige, die kaum glauben konnten, nicht das Opfer eines schlechten Scherzes zu sein, wollten von mir wissen, was ich eigentlich bezweckte. Damit zerstörten sie die ganze Subtilität dieses Spiels. Jene Männer hatten nicht oft die Gelegenheit, ihren fleischlichen Gelüsten Tribut zu zollen, und sei es auch nur für einen kurzen Augenblick. Doch mithilfe von diskreten, aber höchst wirkungsvollen flüchtigen Berührungen brachte ich sie dazu, sich so lange von mir betören zu lassen, bis ich sie ganz in meiner Gewalt hatte. Waren diese Männer erst einmal gewonnen, so überließen sie sich diesem Zustand übrigens viel ausschließlicher und länger als alle anderen.

So begab ich mich mit Vorliebe in Bars, deren stickige Luft dazu einlud, viel nackte Haut zu zeigen. Unter allen Anwesenden machte ich den Einsamsten ausfindig, denjenigen, dem am deutlichsten anzusehen war, dass er später mit seinem Schwanz in der Hand allein im Bett liegen würde, kurz: den Bedauernswertesten. Ich umkreiste und umgarnte ihn langsam und äußerst behutsam, um ihn nicht zu erschrecken. Ein Mann, der glaubt, Opfer eines grausamen Streiches zu sein, entwickelt oft einen erstaunlichen Überlebensinstinkt!

Dann wurden meine Annäherungsversuche immer direkter. Ich berauschte mich an der Fassungslosigkeit meiner Beute, nachdem ich wie ein Falke meine Kreise um sie gezogen hatte und ihr dann tief in die Augen sah, um sie geradeheraus zu fragen: »Willst du mich?« Die Antwort bestand meist in einem halb verschluckten, aber deutlich signalisierten »Ja«. Wenn mein Opfer zufällig in Begleitung eines Freundes da war, achtete ich darauf, keinen Anlass zur Eifersucht zu geben. Auf diese Weise kam es nicht selten zu höchst interessanten Situationen. Dann schwebte ich auf einer rosaroten Wolke der Wonne und genoss es einfach, unverstellt und wahrhaftig begehrt zu werden.

Wie viele Schwänze ich schon probiert habe! Beschnitten oder unbeschnitten, salzig oder süßlich, in allen nur erdenklichen Formen, Größen und Sorten. Freilich zeigten sich einige der Männer, denen diese köstlichen Schwengel gehörten, mir gegenüber großzügiger als andere. Sie ließen die Begierde in ihren feuchten Augen aufblitzen und mich hemmungslos diese überwältigende Lust auskosten. Andere hielten sich gar für unsterblich verliebt. Ich ließ sie ruhig eine Weile zappeln und genoss die nahezu grenzenlose Vergötterung, die sie mir entgegenbrachten.

In der Tat fand ich Gefallen daran, für die Dauer von ein paar Stunden die Frau zu sein, von der diese Männer träumten. Ich ließ ihnen Liebkosungen zuteil werden, um die sie niemanden anderen zu bitten gewagt hätten, machte es ihnen so oft mit dem Mund, wie sie wollten, und ließ sie nach Lust und Laune über jeden Zentimeter meines Körpers verfügen. Doch ich stellte eine Bedingung, eine einzige: Sie mussten mich um jeden Preis begehren und mit jeder ihre Fasern spüren, dass dies alles eine flüchtige Gunst war, die ich ihnen erwies. Und nicht umgekehrt.

Früher war ich dumm. Ich glaubte wirklich, dass dies die beste Art war, meine Jugend auszuleben. Ich sagte mir, wenn ich erst einmal welk und aufgedunsen war, wäre es mit diesem kindischen Spielchen sowieso vorbei. Ich sagte mir, dass es besser war, das Leben in vollen Zügen zu genießen, solange mein Körper noch jung und attraktiv war.

Früher war ich dumm. Ihre Lust, ihre Verzauberung reichten mir zum Glücklichsein. Mehr brauchte ich nicht. Mein Gott! Wie viele Generationen von Teenies waren schon diesem Unsinn aufgesessen? Dem Glauben, Frauen hätten nichts anderes im Sinn, als begehrenswert zu erscheinen, und müssten sich diesem einzigen Lebenszweck unermüdlich, um jeden Preis und ohne Murren hingeben.

Früher war ich dumm. Heute sehe ich einige Dinge mit anderen Augen. Oh, ich liebe es immer noch genauso, die Männer zu verführen, die unbändige Lust in ihren Augen tanzen zu sehen, zu erleben, wie sie sich wegen ihrer unübersehbaren Erektion verschämt winden. Eigentlich genieße ich ihre Blicke mehr denn je und die Reaktion ihrer Körper, wenn ihnen allmählich dämmert, was sie erwartet. Wenn ich sie vielversprechend anlächle.

Früher war ich dumm. Aber inzwischen habe ich verstanden. Ich sehne mich nach ihren Wohltaten immer noch genauso. Sehne mich danach, von ihnen wie eine Göttin behandelt zu werden. Und ich bleibe ihnen nichts schuldig. Was ich heute tue, unterscheidet sich eigentlich kaum von meinen damaligen Umtrieben als Dummerchen. Ich verführe sie, ich schmeichle ihnen, ich lasse sie vor Begierde und Vorfreude wahnsinnig werden.

Früher war ich dumm. Ich tat das alles für lau. Inzwischen bin ich schlauer. Ich kassiere an die zweihundert Dollar. Jedes Mal.

Frühlingsgefühle

Endlich war der Frühling da! Wie lange hatte er doch auf sich warten lassen! Die Sonne schien, in der Luft lag bereits der Duft der ersten zaghaften Blüten, die Vögel zwitscherten, und ich erwachte wie die gesamte Natur zu neuem Leben. Ich musste in meinem früheren Leben eine Tulpe gewesen sein. Oder ein Krokus. Mit den ersten Sonnenstrahlen flossen auch bei mir die Säfte. Und der Sinn stand mir nach Aufbruch, Neuanfang und tief greifenden Veränderungen. In den vergangenen Jahren hatte ich diese Frühlingsgefühle dazu genutzt, um umzuziehen, mir einen neuen Lebensstil zuzulegen, einen neuen Haarschnitt, einen neuen Liebhaber. Doch in diesem Jahr war alles anders. Gefühlsmäßig war nichts wie früher. Zum ersten Mal verspürte ich neben der gewohnten Aufbruchstimmung eine Art Melancholie, eine unbestimmte Traurigkeit.

Dabei verwiesen alle Symptome auf die üblichen frühlingshaften Gefühlswallungen: Wie immer hatte ich es eilig, als eine der Ersten in den kaum eröffneten Biergärten zu sitzen und mich an einem schönen kühlen Bier zu erfrischen. Mit fast kindlicher Faszination bestaunte ich das rührende Schauspiel männlicher Körper, die sich endlich meinen Blicken darboten, nachdem sie viel zu lange von dicken Wollsachen verhüllt gewesen waren, Bizepse wurden gezeigt, Radfahrerwaden enthüllt und knackige Hintern vorgeführt. Immer mehr gebräunte Haut war zu sehen, die das Weiß der Zähne in den lächelnden Mündern heller strahlen ließ. Die getönten Gläser der Sonnenbrillen schmeichelten markanten Gesichtszügen und bargen das Geheimnis fremder Augenpaare. War es ein strahlendes Azurblau? Ein keckes Nussbraun? Katzenhaftes Jadegrün? Mysteriöses Schwarz? Jedes Frühjahr zog mich diese Vielfalt der möglichen Überraschungen aufs Neue in ihren Bann.

Doch in diesem Jahr hatte ich das Gefühl, dass irgendetwas nicht stimmte. Obwohl die Männer ebenso attraktiv wie im letzten Frühling waren, erschienen mir ihre Reize viel kurzlebiger. Ich hatte es auf einmal eilig, den schönen Dunklen durch einen frischer strahlenden Blonden zu ersetzen. Und bald wurde ich auch seiner überdrüssig. Als suchte ich nach jemand Bestimmtem, ohne jedoch zu wissen, nach wem, ohne ihn überhaupt zu kennen. Schließlich offenbarte ich mich Julie, meiner langjährigen Busenfreundin, die die Sache höchst interessant fand. Julie, ihres Zeichens Hobbypsychologin, hatte ihre helle Freude daran, den verborgenen Sinn einer Äußerung zu entschlüsseln. Sie erklärte immer wieder, dass unsere Gedanken stets etwas von uns Verdrängtes, Uneingestandenes verrieten.

»Dein Fall ist sonnenklar. Keine besonders spannende Herausforderung. Es liegt ja alles auf der Hand!«

»Ach ja? Also dann klär mich doch bitte auf …«

Sie behauptete, ich hätte mächtige, jedoch tief verborgene Bedürfnisse, die sich nun bemerkbar machten. Bedürfnisse, die weniger oberflächlich waren, als ich dachte, die nicht allein darin bestanden, mein Bett mit schönen, austauschbaren und leicht zu ersetzenden Männerkörpern zu verzieren. Ich sei von dem unbewussten Verlangen getrieben, endlich unter die Haube zu kommen. Bei diesem Ausdruck schüttelte es mich, ich spürte einen Stich in der Brust. Unter die Haube? Ich?

Nachdem die erste Schockreaktion abgeklungen war, musste ich einräumen, dass ich mich an diesen folgenlosen kleinen Flirts natürlich ergötzte, sie aber jederzeit für etwas Bedeutsameres hergegeben hätte. Doch wofür? Für den Märchenprinzen? Das war nun wirklich nicht mein Ding! Ich hatte eher eine Schwäche für Männer vom Typ wilder Hengst. Plötzlich fiel es mir wie Schuppen von den Augen. Jetzt war klar, was ich suchte: den wilden Prinzen. Sicher hätte es auch ein Märchenhengst getan, doch das kam mir irgendwie albern vor. Die Vorstellung vom wilden Prinzen erschien mir weitaus erhabener. Es musste jemand sein, der zugleich der Verführer war, nach dem ich mich sehnte, wie auch die sichere Stütze, die mir Halt geben konnte. Der sinnliche Liebhaber, der mich um den Verstand brachte, wie auch der Gentleman, bei dem ich den nötigen Schutz finden konnte. Genau das war es! Alles klar, oder? Und doch konnte ich mir einfach nicht vorstellen, wo und wann ich ihm jemals begegnen sollte. Für mich war laut Julie nun die Zeit gekommen, mich auf die Reise zu machen, einen Kreuzzug zu beginnen, mich auf die finale Suche nach meiner »sanften wie auch lebhaften zweiten Hälfte« zu begeben. Zum Fürchten!

Julies Ratschläge schienen mir viel zu ernst für einen so

schönen Mainachmittag. Wenn es tatsächlich irgendwo meinen wilden Prinzen gab, würde ich ihn jedenfalls nicht mit Gejammer und Mutmaßungen über seine Person herbeizaubern. Irgendwann würde ich schon mit der Nase auf ihn stoßen, dann, wenn ich es am wenigsten erwartete. Bis dahin hinderte mich nichts daran, mich an dem Augenschmaus zu erfreuen, den der Frühling bereithielt. Und dabei vielleicht meinem Schicksal ein klein wenig auf die Sprünge zu helfen. Warum sollte ich bis zu jener alles entscheidenden Begegnung nicht die unzähligen Versuchungen auskosten? Wenn ich mich einer größtmöglichen Zahl potenzieller Prinzen aussetzte, waren meine Chancen, auf den Richtigen zu treffen, doch am größten, oder? Ich musste also einfach wieder ich selbst werden, zu einer unbefangenen Grundeinstellung zurückfinden und vor allem mit offenen Augen durch die Welt gehen. Ich riskierte schlimmstenfalls ein paar harmlose Schwärmereien oder nette, aber folgenlose Flirts.

Während ich mich endlich wieder unbekümmert meinem Frühlingssyndrom und seinen vielfältigen Möglichkeiten überließ, spülte ich mit einem Schluck Bier den letzten Rest Melancholie hinunter. Her mit den verliebten Blicken und den verführerisch lächelnden Mündern! Her mit dem kindischen Vergnügen, mich begehrt zu fühlen! Her damit, solange es noch nicht zu spät war! Denn wenn ich erst meinen wilden Prinzen getroffen hätte, wäre es mit dem Lotterleben vorbei.

Nach kurzer Zeit musste ich einsehen, dass sich auf diesem Wege nichts Interessantes ergab. Unter den Männerhorden in meinen angestammten Jagdrevieren wurde ich einfach nicht fündig. Ich fasste also den Entschluss, mich in weniger vertraute Gefilde zu begeben, in der Hoffnung, dass darunter eines wäre, in dem es vor Männern, die meinen Anforderungen gerecht wurden, nur so wimmelte. Mein entzückender Adonis musste doch irgendwo stecken! Und ich beabsichtigte, ihn zu finden.

Nachdem ich mehrere Nächte lang ergebnislos durch die belebten Straßen der Stadt gestreift war, entdeckte ich schließlich einen Latino-Club, der auf den ersten Blick verlockende Aussichten zu bieten schien. Einer verführerischer als der andere, wiegten unzählige gut aussehende Männer auf der Tanzfläche ihre Hüften und wirbelten von einer Partnerin zur nächsten. Wie schön sie waren! Wollüstig beobachtete ich ihre geschmeidigen, fließenden Bewegungen und genoss es, wie ihre schmachtenden Blicke über meinen Körper wanderten. Vor allem aber gefiel mir dieser gewisse südländische Charme, der schon Anlass zu so vielen Klischees gegeben hat. In der Tat hatten diese Männer eine ganz eigene Art, eine Frau anzusehen. Sie wirklich anzusehen, ihr das Gefühl zu geben, dass sie einzigartig war und dass ihre Reize mit denen keiner anderen Frau zu vergleichen waren.

Sobald ich mir auf meinen Beutezügen einen Platz gesucht hatte, erlag ich jedes Mal einer Art Trancezustand, einer vorübergehenden Verwirrung der Sinne. Ich entschwand in eine Welt, in der … *um mich herum unzählige geschmeidige Körper tanzten, mich allmählich umzingelten, ihren Kreis immer enger zogen, näher und näher kamen und mich unaufhaltsam einkesselten. Ich wurde an die Boxen gedrängt, und plötzlich saß ich fest, die einzige Frau in einem*

Meer aus purem Testosteron. Sie pressten sich an mich, ihre gierigen Hände wanderten unter meine Kleider und begruben meinen Körper unter einer Flut von Berührungen, die verstohlen und zärtlich, wild und aufdringlich zugleich waren. Und ich rührte mich nicht, versuchte nicht im Geringsten, auszubrechen, mich aus diesen Umklammerungen zu befreien. Denn ich genoss diese Berührungen, diese Nähe. An meinen Hüften, meinem Bauch und meinem Hintern spürte ich das energische Pressen eines ganzen Rudels dicker, hart gewordener Schwänze, die ihre zu engen Hosen verlassen wollten. Würden ihre Besitzer es wagen, sie zu befreien und mich ihre Härte spüren zu lassen? Ich konnte es nicht erwarten, sie nackt zu sehen, in ihrer wunderbaren Vielfalt der Größen und Formen. Mir lief das Wasser im Mund zusammen. Die Berührungen wurden immer kühner, einige Finger drängelten sich zwischen meine Beine, andere zwickten meine Brüste. Ein paar Hände befühlten mich sanft, andere betasteten mich fordernd, Zungen schleckten mich ab. Ich seufzte vor Wonne, als hätte ich nur darauf gewartet, als hätte ich es vorhergesehen und damit gerechnet. In diesem Moment spürte ich, wie sich meine Kleider vom Körper lösten und meine Beine sich spreizten, für eine lebhafte Fortsetzung der … und an diesem Punkt landete ich jedes Mal wieder in der Wirklichkeit. Wie schade! Getrieben von Neugier, hatte ich schon mehrmals versucht, meinen Traum fortzuführen, doch nichts half. Es war, als zerplatze meine Seifenblase immer genau in dem Augenblick, in dem es spannend wurde. Vielleicht war das eine Art Signal, das mir zu verstehen gab, dass diese Fantasie mir nichts wirklich brachte?

Welch gute Liebhaber sie doch abgegeben hätten! Doch weil mir wieder einfiel, dass ich ja von nun an etwas anderes als nur gute Liebhaber suchte, beschloss ich, neue Pfade zu erkunden. Ich misstraute diesen notorischen Frauenhelden viel zu sehr, als dass ich mich ernsthaft in sie verlieben konnte. Dem vielfältigen Klatsch nach zu urteilen, der in dem Club kursierte, waren sie ungeachtet ihrer Vorzüge als Seitensprungkandidaten ziemlich lausige Beziehungspartner. Zumindest für mich, die ich – allmählich immer zielstrebiger – auf der Suche nach etwas Stabilerem, Exklusiverem war. Ach, wild waren sie bestimmt allesamt! Aber Prinzen? Da war ich mir nicht so sicher …

Je mehr Zeit verstrich, desto aussichtsloser erschien meine Suche. Bei meinen Freundinnen hatte ich inzwischen den offiziellen Status des Single-auf-der-Suche-nach-dem-Mann-fürs-Leben erreicht. Eine unter so vielen, die obendrein immer mehr wurden. Eine Ziffer mehr in der Statistik. Also suchten sie mich alle mit ihren Vorschlägen heim: Partnervermittlung, Kontaktanzeigen, Internet, Singlepartys etc. Nichts von alledem gefiel mir. Vielleicht später, im Herbst, sagte ich mir, falls sich meine sommerlichen Bemühungen tatsächlich als ganz und gar fruchtlos erweisen sollten. Als geborene Optimistin war ich fest davon überzeugt, dass mein Prinz früher oder später schon in mein Leben treten würde, obwohl meine Gewissheit langsam ins Wanken geriet. Wer war er nur? Und wo würde ich ihn finden? Was soll's, sagte ich mir, irgendwann würde ich schon mit der Nase drauf stoßen, nämlich dann, wenn ich es am wenigsten erwartete.

An einem schönen, sonnigen Juninachmittag hatte ich, etwas deprimiert wegen meiner dürftigen Resultate in Herzensangelegenheiten, meinen Arbeitstag etwas früher beendet. Ich beschloss, in den kleinen Park in der Nähe meiner Wohnung zu gehen. Seit den ersten warmen Tagen war ich noch gar nicht wieder dort gewesen, zehrte jedoch von schönen Erinnerungen an überaus angenehme Nachmittage, an denen ich es mir im Schatten der großen Weiden bequem gemacht und stundenlang die vorbeilaufenden Passanten beobachtet hatte. Dieser Park war ein richtiges Kleinod und wunderbar angelegt. Die unglaubliche Blumenpracht, eine entzückende Fontäne und ein hübscher Pavillon verliehen dem Ganzen einen französischen Touch. Als ich jedoch an jenem Tag dort ankam, musste ich feststellen, dass vermutlich wegen des verspäteten Frühlings noch keine Blumen gepflanzt worden waren und kein Tropfen Wasser aus der Fontäne kam.

Und dann sah ich sie. An die zwanzig Männer, die meisten mit nacktem Oberkörper, mühten sich damit ab, das Unkraut zu jäten, alte Pflanzen herauszureißen, neue Beete zu graben und die alten neu zu bepflanzen. An die zwanzig wohlgeformte, schweißgebadete Körper, von denen die Mehrheit der Kategorie junger Kerle von atemberaubender Schönheit angehörte, die sich ihrer eigenen Reize noch zu wenig bewusst waren, um sie hemmungslos auszunutzen. Die meisten waren kaum aus dem Jünglingsalter heraus und hatten noch vielversprechende Jahre vor sich, bevor sie zu überheblichen und schmerbäuchigen Erwachsenen werden würden. Mein Blick fiel auf ein paar braun Gebrannte mit glänzender Brust, kräftigen Muskeln und fantastischen, sehnigen Männerkörpern. Sie waren süß! Eine weitere Gruppe bereits etwas älterer Männer stand mit Plänen und Zeichnungen in den Händen abseits. Sie schienen mir nicht minder verlockend als ihre jüngeren Kollegen. Zwar waren sie ein wenig grobschlächtig und nicht gerade feinsinnig oder elegant, aber sie waren so männlich ... Angesichts dieses unverhofften Vorrats an potenziellen wilden Prinzen blieb mir gar keine andere Wahl, als mir ein Fleckchen zu suchen, von dem aus ich sie in Ruhe unter die Lupe nehmen konnte. Da der Park selbst wegen der Neubepflanzung nicht betreten werden konnte, steuerte ich eine einladende Caféterrasse auf der gegenüberliegenden Straßenseite an und ließ mich dort nieder, den Blick hinter den dunklen Gläsern meiner Sonnenbrille verborgen. Während ich so tat, als würde ich lesen, musterte ich sie einen nach dem anderen eingehend von oben bis unten.

An jedem Einzelnen von ihnen entdeckte ich ganz eigene Reize. Den Blonden zum Beispiel zierten eindrucksvolle Bizepse, die ich unheimlich gern an mir gespürt hätte. Der Dunkle hingegen, um die vierzig vermutlich, hatte etwas Dominantes, die Haltung eines Anführers. Der Junge mit den langen schwarzen Haaren wiederum besaß ein umwerfendes Lächeln, und der Kastanienbraune, etwas weiter hinten, hatte einen absolut göttlichen Hintern. All diese wunderbaren, am selben Ort versammelten Reize brachten mich fast um den Verstand, und ein entzückender Tagtraum, der mir irgendwie bekannt vorkam, drängte sich mir auf ...

Ich lief über den mit allen möglichen Gartengeräten vollgestellten Bürgersteig am Park entlang, in dem sie sich alle zu schaffen machten. Es herrschte eine drückende Hitze, und die Männer arbeiteten hart. Die glänzende Haut ihrer nackten Oberkörper schien in der Sonne zu braten. Ihre ausgewaschenen Shorts schmiegten sich der Form ihrer knackigen Hintern und ihrer harten Schwänze an, die sich vermutlich mächtig eingeengt fühlen mussten. Ich trug ein leichtes Sommerkleid, eines dieser hauchdünnen Stofffetzchen, die besonders im Hochsommer so angenehm zu tragen waren. Die Männer, abgelenkt durch meinen langsamen Gang über den versperrten Weg, konnten sich kaum auf ihre Arbeit konzentrieren. Ihre Augen waren voller Verlangen, schon fuhren die ersten Zungen über urplötzlich ausgedörrte Lippen. Ein frecher Windstoß erfasste mein Kleid, lüftete es keck und setzte so meinen Körper ihren interessierten Blicken aus. Mit einem Mal verspürte ich Durst, fürchterlichen, unerträglichen Durst. Mein Körper protestierte gegen die Hitze, ermahnte mich, für Erfrischung zu sorgen. Doch ich hatte nichts zu trinken dabei. Einer der Arbeiter schien etwas von meinem Durst zu ahnen und reichte mir einen Gartenschlauch, aus dem ein frischer Wasserstrahl hervorschoss. Ich trank gierig und ließ das kühle Nass über Kinn, Hals und Brust laufen. Die Männer unterbrachen ihre Arbeit und führten mich zu dem kleinen Pavillon. Aus Dankbarkeit für das köstliche Wasser und aus Neugier auf das, was sie mir als Gabe, als Huldigung an die Göttin, die ich durch den Zauber ihres Verlangens geworden war, darbringen wollten, hob ich mein längst lästig gewordenes Kleid und überließ meinen Körper ihrer Begierde. Sie betrachteten mich. Waren es zehn? Zwanzig? Ich wusste es nicht und versuchte auch gar nicht erst, es herauszufinden. Es war ohne jede Bedeutung, und überdies erschien mir alles wie die natürlichste Sache der Welt. Irgendwann kam der erste meiner Verehrer auf mich zu, ging wie ein Sünder vor dem Altar vor mir auf die Knie und berührte mich mit seinen riesigen, erdverschmutzten, von Wind und Wetter gegerbten Pranken. Seine Finger fuhren unsanft über meinen seidigen Bauch. Kleine Stromstöße jagten durch mich hindurch, wurden noch stärker, als er ohne Vorwarnung seine raue Hand zwischen meine Schenkel schob, seine Finger in mich eindringen ließ und sie glänzend von dem Saft meiner Lust wieder hervorzog. Er zeigte sie den anderen, und sie alle, da sie diese Geste als ein Signal zu verstehen schienen, drängten zu mir. Sie packten meine Arme, meine Beine. Ein paar Hände streichelten meine nackten Brüste, andere schoben meine Pobacken auseinander. Zungen glitten zwischen meine Lippen, meinen Hals entlang, in meine Ohren. Als das erste Glied, riesengroß und ungestüm, in mich eindrang, musste ich meine Beine noch weiter spreizen. Ich war nur noch eine Stoffpuppe, ein Lustobjekt, dem man mit rhythmischen Stößen huldigte. Stöße, mal schnell und heftig, mal sanft und fast andächtig. Ich hielt die Augen geschlossen und gab mich ganz dieser Liebesmesse hin, ohne im Geringsten auf das Aussehen meiner Verehrer, das Ausmaß ihres Begehrens, den Geruch ihrer Haut zu achten. Alle Gerüche und alle Schwänze vermischten sich miteinander. Nach einer Weile spürten die Männer, dass ich müde und erschöpft war. Die Glieder, die mich beackerten, wurden sanfter, zärtlicher, aufmerksamer. Ich wurde von ihrer Lust überflutet und schwamm auf den Wellen ihrer Orgasmen, die sich mit meinem eigenen verbanden. Dann drang ein weiterer Mann in mich ein, um sich in mir zu verlieren, und dann noch einer. Wie viele? Wie viele beharrliche Verehrer gaben sich mir hin? Ich hatte aufgehört zu zählen, zu denken. Ich wollte nur noch sein. Aber was genau eigentlich? Egal …

Diese Bilder, und vor allem die Wirkung, die sie auf mich hatten, ließen mich schaudern. Ging so also die Geschichte aus dem Latino-Club weiter? Oh là là! Ich klappte mein Buch zu, nahm einen kräftigen Schluck Bier, um meinen Kopf ein bisschen abzukühlen, und brach Hals über Kopf von diesem erregenden Ort auf.

Ich erzählte Julie von dieser Fantasie. Für mich lag es auf der Hand, dass dieser Tagtraum ein Ausdruck meiner Frühlingsgefühle war, meiner unbändigen Lust auf Männer, meinem Verlangen, den Status als unabhängige Frau maximal auszukosten. Ein Zeichen dafür, dass es am Ende vielleicht noch zu früh war, um unter die Haube zu kommen. Aber Julie behauptete, es handele sich vielmehr um ein Alarmsignal. Ich müsse unbedingt diesen zukünftigen Partner finden, den einen Mann, der in meinen Augen alle Männer zugleich verkörperte, der mich zur Treue finden ließ, zur Liebe. Ich hielt diese Theorie für ein wenig an den Haaren herbeigezogen, doch Julie rückte nicht mehr von ihr ab und sah darin eine überzeugende Erklärung für meine innere Zerrissenheit.

Mehrere Tage lang führte ich mir diese Fantasien immer und immer wieder vor Augen und versuchte, ihren geheimen Sinn, ihre unterschwellige Bedeutung zu ergründen. Gelegentlich veränderte ich einzelne Details der Geschichte. Mal ließ ich sie bei mir zu Hause spielen, wo ich mich am geöffneten Fenster selbst berührte und der Abendwind mein nacktes Geschlecht erfrischte. Mal im Club, wo mich, in meiner zügellosen Fantasie, die Tänzer mit Haut und Haaren besaßen. Ich ließ mich von der Musik forttragen und baute auf diese Weise ein wenig Spannung ab. Aber je öfter ich diese Fantasie herbeirief, desto mehr schien sie Julies Interpretation zu bestätigen. Denn fortan fügte ich am Ende unbewusst immer das verschwommene Bild meines Prinzen ein, der mich ritterlich von diesen schändlichen Träumen befreite und mich in ein Land der unbekannten Wonnen führte. Wo wir glücklich lebten bis ans Ende unserer Tage. Amen.

Fast zwei Wochen lang ging ich jeden Tag zu dem kleinen Park und beobachtete meine Männer. Ich war zu der Überzeugung gelangt, dass mein wilder Prinz unter ihnen sein musste und sich mir bald zu erkennen geben würde. Wir würden uns in die Augen sehen, augenblicklich wissen, dass wir füreinander bestimmt waren, und uns noch in derselben Sekunde ineinander verlieben.

Mir war durchaus bewusst, dass diese Traumgeschichte absolut kindisch, einfältig und lächerlich war, doch trotzdem glaubte ich fest an sie und hoffte nichts sehnlicher, als sie in Erfüllung gehen zu sehen. Ich konnte unmöglich dazu verurteilt sein, mein ganzes Leben lang so umherzuirren. Es musste doch auch für mich irgendjemanden geben, irgendwo. Und das war wahrscheinlich näher, als ich dachte. Irgendwann würde ich schon mit der Nase auf ihn stoßen, nämlich dann, wenn ich es am wenigsten erwartete.

Und genau das geschah.

Meine Fantasien waren zur Obsession geworden. Es verging kein Tag – außer vielleicht jene hoffnungslosen Regentage, die es meinen schönen Gärtnern unmöglich machten, draußen zu arbeiten –, an dem ich nicht meinem kleinen Park und seinen neuen Reizen einen Besuch abstattete. Und der schöne Dunkle, offensichtlich der Anführer der Truppe, lächelte mich von Mal zu Mal vielsagender an.

Schließlich schienen meine Fantasien Wirklichkeit zu werden. Die Szene hatte eine solche Ähnlichkeit mit meinen Einbildungen, dass ich einen Augenblick lang glaubte, ich hätte den Verstand verloren. Es war in der Tat der erste Tag einer hochsommerlichen Hitze, mit der niemand gerechnet hatte. Ich war froh, mein leichtestes Sommerkleid zu tragen. Ich war einen Umweg gegangen, um bis zu »meinem« Café den Park entlanggehen zu können. Doch als ich um die Ecke bog, sah ich, dass sowohl der Bürgersteig als auch ein Stück der Straße, die den Park säumte, mit Erde, Kies und allen möglichen Garten- und Bewässerungsgeräten verstellt waren. Ein kräftiger Wasserstrahl aus einem Hydranten machte auch die andere Straßenseite unpassierbar. Der Anblick der Fontäne steigerte meinen Durst ins Unerträgliche. Während ich an das prickelnd frische Pils im Café dachte, wurde mein Mund immer trockener, und ich überlegte, wie ich am schnellsten an mein Ziel gelangen könnte. Ich konnte es kaum erwarten, die Szenerie von meinem Terrassenplatz aus zu betrachten. Wer weiß, vielleicht würden ja meine schönen Arbeiter unter diesem tosenden Wasserstrahl eine erfrischende Dusche nehmen und sich vor meinen entzückten Augen – in Zeitlupe und mit Weichzeichner wie im Film – prustend schütteln?

Ich entschied also, ein Stück auf dem vollgestellten Bürgersteig entlangzugehen und erst weiter hinten die Straße zu überqueren, um so dem Wasserstrahl auszuweichen. Die Hitze war wirklich unerträglich, und die Männer schufteten, *die glänzende Haut ihrer nackten Oberkörper schien in der Sonne zu braten. Ihre ausgewaschenen Shorts schmiegten sich der Form ihrer knackigen Hintern und ihrer harten Schwänze an, die sich vermutlich mächtig eingeengt fühlen mussten. Mein Sommerkleidchen klebte mir am Körper; selbst ein so leichter Stoff war mir nun lästig. Mein Herz pochte so laut, dass ich das Gefühl hatte, sie könnten es bis dort hinten in der Kühle des Parks trotz des Lärms ihrer Werkzeuge hören. Dank der dunklen Gläser meiner Sonnenbrille konnte ich beobachten, dass mein Auftritt seine Wirkung nicht verfehlte. Ein paar Köpfe drehten sich um, andere sahen hoch, Blicke hefteten sich auf mich, auf dieses zarte Persönchen, das versuchte, sich so elegant wie möglich einen Weg durch die Haufen aus Erde, Kies und Gerätschaften zu bahnen. Ich genoss ihre schweren, lüsternen Blicke und befeuchtete vielsagend meine plötzlich ausgedörrten Lippen. Ein frecher Windstoß erfasste mein Kleid, lüftete es keck und setzte so meinen Körper ihren interessierten Blicken aus. Mit einem Mal verspürte ich Durst, fürchterlichen, unerträglichen Durst. Mein Körper protestierte gegen die Hitze, ermahnte mich, für Erfrischung zu sorgen. Doch ich hatte nichts zu trinken dabei.* Hätte ich doch nur endlich mein Bier; es sei denn … Sollte ich es wagen, noch einen Schritt weiterzugehen? Mich trauen, tiefer in diese Fantasie einzutauchen, die sich so eng mit der Wirklichkeit verband? Ich hatte eine solche Lust darauf; ich wollte endlich sehen, was noch alles passieren konnte, wollte … *spüren, wie sich unter dem kalten Wasser aus dem Hydranten meine Nippel aufrichteten und mein ganzer Körper erschauerte. Die Männer würden sich darum reißen, mich nach der kühlen Dusche wieder aufzuwärmen, mir heiße Schauer der Lust über den Rücken zu jagen und ein noch viel köstlicheres Nass zwischen meinen Beinen zu verströmen. Was würde geschehen, wenn ich mich ihnen im Schutz des kleinen Pavillons unter der Trauerweide hingäbe? Wie viele Schwänze würden in mich eindringen, wie viele Hände, Finger darauf warten, bis sie an der Reihe wären, mir alle erdenklichen Ehren zu erweisen, wie viele?*

Traumverloren hatte ich für einen Moment die Augen geschlossen und die unter einem Haufen Unkraut liegende Harke nicht bemerkt. Mein Fuß trat auf die Zinken, der Stiel schnellte mir an den Kopf – nicht in Zeitlupe und mit Weichzeichner, sondern eher wie in einer Slapstick-Komödie – und prallte direkt auf meine Nase. Der Schlag warf mich um, und ich sah nur noch Sterne.

Als ich wieder zur Besinnung kam, war alles durcheinander. Nicht versaute Männer, sondern die unterschiedlichsten Gefühle stritten um meine Gunst: Entsetzen, Selbstmitleid, Verlegenheit, aber vor allem Scham. Allein dem Schmerz gelang es, die Scham ein wenig in den Hintergrund zu drängen, indem er mich seine Stiche nicht mehr nur in meinem Herzen, sondern nun auch hinter meiner Stirn spüren ließ. Dass ich das Bewusstsein verloren hatte, war unausweichlich gewesen. Hätte ich es nicht durch den Schlag verloren, dann ganz sicher durch die damit verbundene Demütigung. Andernfalls wäre ich auf der Stelle tot umgefallen.

Trotz allem kam ich letzten Endes noch einigermaßen

glimpflich davon. Sicher, ich hatte eine gebrochene Nase, diverse Kratzer und scheußliche blaue Flecken im Gesicht. Nach meinem Sturz hatte sich eine riesige Beule auf meiner Stirn gebildet, die neben meiner Bewusstlosigkeit eingehender medizinischer Versorgung bedurfte. Außerdem hatte ich mir beim Versuch, den Sturz abzufangen, das Handgelenk verstaucht, und auch mein Ellbogen war geprellt. Aber nichts von alledem war wirklich von Belang.

Denn der Sanitäter, der Prinz, der mich gerettet und mit seinem großen »Pferd« ins Krankenhaus gebracht hatte, war wahnsinnig süß, dazu Junggeselle und hatte etwas ausgesprochen Wildes. Ich wusste doch, dass ich irgendwann mit der Nase auf ihn stoßen würde!

Für Josée

Geliebtes Fleisch

Ach, wie weich ihre Lippen sind! Sie erstaunen mich jedes Mal aufs Neue. Diese entzückenden Schmetterlinge mit dem Geschmack von Kirschen gleiten meinen Hals hinab und kitzeln mich in den Ohren. Auch ihre kleinen, pummeligen Hände bringen mich um den Verstand. Und erst ihre Brüste, die mir eine so intensive Lust verschaffen! Ich brauche sie nur anzusehen, und mein ganzes Wesen drängt danach, sich in ihnen zu verlieren. Mein ganzes Wesen, ja, aber insbesondere ein gewisses Organ, das sich bemerkbar macht, sobald ich an sie denke. Ich kenne Daphné erst seit ein paar Wochen, doch irgendwie habe ich das Gefühl, man kann fast sagen, die Gewissheit, dass sie die Frau meines Lebens ist. Meine Kumpels machen sich über mich lustig … ich bin schließlich erst fünfundzwanzig. Sie sind der festen Überzeugung, dass das nur wieder eine von meinen Fantasien ist, eine weitere kurzlebige Eroberung. Eine neue Flamme, von der ich schon bald wieder die Nase voll haben werde. Doch ich bin mir sicher, dass es mit ihr etwas vollkommen anderes ist.

Vor allem ist sie selbst vollkommen anders. Anders als alle Mädchen, die ich bisher geliebt habe. Ich finde sie natürlich hübsch, auch wenn – wie an dem Abend, an dem wir uns kennen gelernt haben – ihre Freundinnen Sylvia und Jannie eher die Blicke auf sich ziehen. Mir jedoch erscheinen die beiden irgendwie beliebig, anstrengend und viel zu dünn. Ich bin verrückt nach Daphnés weicher Haut. Ihre molligen Formen machen mich wahnsinnig. Ich sehne mich danach, sie zu streicheln, zu beschützen, zu umsorgen. Ich hätte zu Renoirs Zeiten leben sollen. Damals kannte man sich mit Frauen aus! Alles an ihnen war rund, weich und geschmeidig. Man konnte sich an Kurven erfreuen, an göttlichen Rundungen, die von verführerischer Blässe waren, an üppiger Fülle, die raffinierte Kleider vor allzu neugierigen Blicken verbargen. Körper von paradiesischer Schönheit, in denen man sich einfach nur verlieren wollte. Wie in jenem von Daphné. Die Frau, die soeben näher an meinen entzückten Körper heranrückt, mit ihrem weichen Hintern meinen schon längst steif gewordenen Schwanz liebkost, während ich nach ihren wunderbaren üppigen Brüsten greife. Ich wiege jeden dieser schweren Hügel mit der Hand ab, und meine Finger fühlen voller Entzücken, wie ihre kirschroten Nippel hart werden. Deren Kontrast zur Blässe ihre Haut ist faszinierend, und ich kann es kaum erwarten, sie abzuschlecken und gierig einzusaugen. Doch stattdessen hebe ich ihren Rock an und versuche, ihr das Höschen auszuziehen, ihre Pobacken in all ihrer rundlichen Pracht freizulegen und mich zwischen ihnen zu vergraben, bis hin zu ihrer honigsüßen Möse. Kokett, wie sie ist, tut sie, als wolle sie mich daran hindern, dreht und windet sich, wiegt sich in den Hüften. Wahnsinn! Sie dreht sich um, vielleicht um dort hochzusteigen, auf den Tresen? In ihrem langen, um die Hüften ganz zerknitterten Rock setzt sie sich vor mich, lächelt mich engelsgleich an, und dann gleite, tauche ich in sie hinein. Von dieser himmlisch zarten Haut schwillt mein Schwanz immer weiter an. Sie biegt sich, ihre Möse schiebt sich näher an meinen harten Schwanz und umschließt ihn zärtlich, kraftvoll und innig zugleich. Ihre Brüste wogen unter ihrer Bluse, ich befreie sie aus ihrem viel zu engen Gefängnis und gerate wegen ihrer perfekten Form wieder einmal in Entzücken. Ich bin völlig außer Rand und Band. Ich verspüre eine wilde Lust, sie hart zu nehmen, tief in sie hineinzustoßen, sie unter meiner zärtlichen Folter stöhnen zu hören. Ich hebe sie vom Tresen, um sie ins Schlafzimmer zu führen, wo ich ihr erneut eine Kostprobe meines jugendlichen Feuers zuteilwerden lassen.

Am Fuße des Bettes, gänzlich frei von ihren lästigen Hüllen, ziert sie sich ein wenig. Sie schmiegt sich an mich wie ein süßes Kätzchen, schiebt ihr Knie zwischen meine Beine und reibt sich an meinem heißen Körper. Sie liebkost mein bis zur Schmerzgrenze erigiertes Glied mit ihrem Becken und erlaubt meinen ungeduldigen Händen, ihre reizenden Hüften zu kneten, ihre so wunderbaren Hüften, ihre so … so … so dürren Hüften!

Unter Schock stoße ich sie von mir. Sie wundert sich, versteht nicht, weiß nicht recht, ob sie sich über meine Barschheit Sorgen machen oder aufregen soll. Ich will vor allem nichts vermasseln, nichts überstürzen. Ich atme tief durch, versuche mich zu beruhigen, meinen wilden Puls, das Zittern meiner Hände, dieser Hände, die das Unvermeidliche feststellen mussten, den Fluch, der mich verfolgt, wenn ich verliebt bin: Sie hat abgenommen. Wie all die anderen. Alle! Und dabei ist es doch gerade diese Üppigkeit, die ich bei ihnen so anziehend finde! Doch jedes Mal höre ich nach ein paar Wochen Sätze wie: »Du tust mir so unglaublich gut! Durch dich habe ich die notwendige Motivation, endlich mit meiner Diät anzufangen. Ich bin dir so dankbar, mein Schatz!« Auf diese Weise fanden bereits meine vier letzten Beziehungen ihr Ende. Und ich habe die dunkle Vorahnung, dass es mit Daphné genauso kommen wird. Mit ihr, die mir von Anfang an so anders erschien. Die nie auch nur das geringste Unbehagen in Bezug auf ihre Fülligkeit gezeigt hat. Die nie den geringsten Wunsch geäußert hat, an ihrer Figur etwas zu ändern. Ich meinte wirklich, sie fühle sich wohl in ihrer Haut! Und nun frage ich sie so behutsam wie möglich:

»Du bist doch hoffentlich nicht krank, Daphné?«

»Krank? Aber nein, im Gegenteil! Ich habe mich noch nie so gut gefühlt. Höchstens ein bisschen müde … Warum fragst du?«

»Ach, nur so! Mir scheint nur, dass du in letzter Zeit etwas abgenommen hast. Deine Hüften …«

Und bitte, ich bekam ihn zu hören. Denselben Satz wie von allen anderen.

»Ach, ist dir das aufgefallen?«

Aber ja. Es ist mir aufgefallen. Und das kleine Lächeln, das ihr Gesicht erhellt, tröstet mich kein bisschen. Unwillkürlich macht sich Wut, Enttäuschung in mir breit.

Im nächsten Moment kommt mir das hartnäckige Klingeln meines Handys zu Hilfe. Aus Feigheit, und weil ich sie auf keinen Fall verletzen will, freue ich mich über diese Gelegenheit, mich aus der Affäre zu ziehen. Ich stürze zum Telefon. Nachdem ich wieder aufgelegt habe, stammele ich einige schwer verständliche Entschuldigungen, und unter dem Vorwand, noch etwas Wichtiges erledigen zu müssen, flüchte ich ins Badezimmer, um mich anzuziehen.

»Ich ruf dich später an, versprochen! Es tut mir leid ... Du kennst das ja, es ist wieder einmal super dringend. Du hast doch Verständnis dafür, oder?«

»O ja, na klar, bis später ... Aber du weißt, dass wir heute Abend verabredet sind, nicht wahr?«

Ich weiß, dass sie nicht auf den Kopf gefallen ist. Sie ist schließlich anders als all die anderen Mädchen, die ich gekannt habe. Viel verständnisvoller, großzügiger, reifer. Ja, heute Abend. Sie hat mich zum Essen eingeladen, um ihre neuen Kochkünste an mir auszuprobieren. In diesem Moment packt mich die Verzweiflung. Ich vermute, dass sie lernen will, sich gesund zu ernähren, um fit zu werden und abzunehmen. Ich hätte es mir denken können! Fit werden, von mir aus, dagegen habe ich ja gar nichts. Doch meine Enttäuschung ist nun so groß, dass ich wohl etwas Abstand und Zeit zum Nachdenken brauche. Was soll ich bloß machen?

Ich erinnere mich noch an unsere erste Begegnung. Daphné tanzte anmutig und verführerisch zu einer ohrenbetäubenden Musik. Ich war ihr sofort verfallen. Ihrer schneeweißen Haut, ihren molligen Armen, die sie über ihrem Kopf schwenkte, und vor allem ihren Brüsten. Als sie meine schwärmerischen Blicke sahen, fragten mich meine Kumpels:

»Eh, Mathieu! Hast du 'ne Braut entdeckt? Welche denn, die Blonde da?«

Ich schüttelte den Kopf.

»Ach so, du meinst die da, mit den roten Haaren und dem Augenbrauen-Piercing? Hm, die ist echt süß.«

Erneutes Kopfschütteln.

»O nein! Doch nicht etwa die Dicke!«

Die Dicke! Sie war doch nicht dick! So ein Quatsch! Ich fand meine Freunde plötzlich unerträglich. Sie verstanden überhaupt nichts. Hatten sie je selbst einen so wunderbaren Körper berührt? Hatten sie sich je an zwei so einladende Brüste geschmiegt? Daphné lächelte mich schüchtern an, und ich ging auf sie zu. Meine Kumpels hingegen verschwanden in der Menge. Umso besser. Ich tanzte mit Daphné, ihre Freundinnen überließen mir nur zögernd das Feld. Sie mussten wohl erst sichergehen, dass mein Interesse an ihrer Freundin entweder harmlos oder ernsthaft genug war, um uns näher miteinander bekannt werden zu lassen. Nach einer Weile hatte ich genug getanzt, ich wollte sie endlich näher kennen lernen. Es gelang mir, sie an die Bar zu entführen, wo wir uns an einer Unterhaltung versuchten ... ohne Erfolg. Daraufhin flüchteten wir in einen ruhigeren Nebenraum, und dort verliebte ich mich endgültig in sie.

Alles an ihr fasziniert mich. Sie arbeitet mit Kindern und hat sich auf diese Weise ihr unschuldiges Lächeln und eine sagenhafte Fantasie erhalten. Sie ist schön, auch wenn sie oft ihre Freundinnen um deren zarte Glieder und feine Züge beneidet. Obwohl doch alles an ihr selbst perfekt ist. Ihr Duft, der so sanft ist wie eine Frühlingsbrise, harmoniert ganz wunderbar mit dem süßen Geschmack ihrer Haut.

Im Bett ist sie eine Zauberin. Wenn ich ganz nah bei ihr

liege und unsere Körper sich vereinigt haben, stelle ich immer wieder aufs Neue fest, dass sie die Zartheit in Person ist. Ich frage mich jedes Mal, wie ihre Haut es schafft, mich bereits so zum Erbeben zu bringen. Sie ist wie Samt, Pelz und Seide … Ihre Haare sind wie Federn, die mich zärtlich kitzeln. Und erst ihre Finger! Ihre magischen Finger, die meinen Schwanz umklammern, die wild werden können und die ganz genau wissen, was mir guttut! Zuerst umschließt sie meinen Ständer mit Daumen und Zeigefinger wie mit einem Ring, den sie nach und nach enger zusammenzieht und dann wieder lockert, bis die Schwellung fast unerträglich wird. Dann gesellen sich ihre übrigen Finger hinzu und spielen auf meinem Glied wie auf einer Flöte. Oder klopfen, drücken und kratzen ganz leicht daran. Manchmal umschließt ihre andere Hand meine Hoden, wiegt und schaukelt sie, vergnügt sich damit, dieses Paar voneinander zu trennen und wieder zusammenzuführen, bevor sie dann ebenfalls meinen Schwanz umfasst. Ihre Finger, manchmal auch ihre heißen Lippen, umschließen mich sanft, gleiten meine geschwollene Rute entlang und liebkosen meine pralle Kuppe, als wäre sie eine erlesene und köstliche Leckerei. Ihre Hände drücken und streicheln sie, ihre samtene Zunge reibt und leckt an ihr, entlockt ihr ein paar salzige Tropfen, die sie sanft abschleckt. Dann bemächtigen sich diese wunderbaren Hände ihres märchenhaften Busens, schlagen zwischen diese beiden blendend weißen Bergen eine Schwindel erregende Kluft, die meinen bebenden, wagemutigen Schwanz verschlingt. So schließt sie mein Glied in dieses seidenweich gepolsterte Etui ein, umspielt es mit ihren wogenden Brüsten, von oben nach unten, von unten nach oben, immer schneller und schneller. Der reinste Wahnsinn. Sie senkt ihren Kopf, und immer dann, wenn meine Rute aus diesem weichen Meer emportaucht, lässt sie eine kecke Zunge herausschnellen, die sie zart kitzelt, neckt und liebkost. Daphné weiß genau, dass mich diese Berührung um den Verstand bringt. Sie weiß, dass ich auch ihre zweite entzückende Hand spüre, die sich nun zwischen meine Beine schiebt und dort genüsslich entlangspaziert, während aus ihrer feuchten Möse Lusttropfen entweichen. Noch sehe ich ihn kaum, diesen anderen Schwindel erregenden Schlund, doch ich erahne seine unwiderstehliche Pracht. So unwiderstehlich in der Tat, dass mein Schwanz hüpft und bebt. Ich spüre, wie er noch weiter anschwillt, immer größer und ungeduldiger wird. Daphnés wunderbarer Busen drückt ihn fest zusammen. Und dann wird sie plötzlich langsamer und zieht sich zurück. Ich seufze, wenn auch nur kurz, denn im nächsten Augenblick bereits präsentiert mir meine unersättliche Geliebte ihren ausladenden Hintern, packt erneut meinen Schwanz und versenkt ihn zwischen ihren flaumweichen Schenkeln. Nach ein paar Stößen spüre ich, wie die Möse meiner Schönen überquillt und mich mit ihrem Saft vollspritzt, wie ihre Pobacken kraftvoll gegen mein Becken klatschen, wie ihr Bauch und ihre Brüste unter der Berührung meiner Händen erzittern, die sich an der Pracht des dargebotenen Fleisches ergötzen. Dann schließt sie mich wieder zwischen ihren behaglichen Brüsten ein und legt sich noch einmal richtig ins Zeug, bis auch ich überquelle und meinen Saft über ihr hübsches Gesicht verspritze …

Diese Gedanken verwirren mich. Ist nun alles vorbei?

Werde ich mit ansehen müssen, wie meine wunderbare Daphné immer weniger wird und fortschmilzt wie Schnee in der Sonne, wie ihr Körper immer weiter ausdörrt, bis sich mein Verlangen nach ihr in Luft aufgelöst hat? Oder soll ich um sie kämpfen, ihr gestehen, dass mir diese Veränderung, ihr Schrumpfen missfällt und dass ich sie so liebe, wie sie ist?

Auf dem Weg zu ihr überlege ich noch immer, was ich tun soll. Mein Instinkt sagt mir, dass es das Beste ist, ehrlich zu sein. Doch gerade das ist so wahnsinnig schwer! Ich will sie auf keinen Fall verletzen. Aber wie könnte ich angesichts des zweifellos kärglichen Mahls, das sie für uns gekocht haben wird, nicht die Fassung verlieren?

Ich bin durcheinander. Vor mir steht ein prächtiger Teller mit glasierter Ente, bei deren Duft mir das Wasser im Mund zusammenläuft. Als Vorspeise hatte sie uns warme Ziegenkäsepastetchen mit Knoblauchbutter serviert. Zur Ente gibt es gratinierte Kartoffeln, die nur so in Sahne schwimmen. Und eben habe ich den Dessertteller entdeckt, der vor Windbeuteln und Cremetörtchen förmlich überquillt. Ich bin völlig perplex. Sie fragt mich:

»Stimmt irgendetwas nicht?«

»Äh, nein. Ich habe nur nicht damit gerechnet, dass …«

»Gefällt es dir?«

»Ja, sehr! Vor allem zu sehen, was für einen Appetit du hast!«

»Ja, ich weiß. Ich habe in den letzten Wochen so viel gearbeitet, dass ich mir nicht mehr die Zeit genommen habe, ordentlich zu essen. Aber damit ist jetzt Schluss, versprochen! Dank meines Kochkurses wird das nicht mehr vorkommen. Durch dich ist es mir heute Nachmittag wie Schuppen von den Augen gefallen: Fast fünf Kilo habe ich abgenommen. Stell dir das mal vor! Aber allein heute Abend habe ich bestimmt schon wieder zwei drauf! Allerdings …«

»Allerdings was?«

»Na ja, ich hoffe, du wirst auch noch ein klein wenig zulegen, du kommst mir in letzter Zeit ein bisschen schmächtig vor …«

Für Cindy und Jean-Luc

Eine schwere Wahl

Ich bin nicht verliebt … zumindest noch nicht. Vielleicht werde ich Jérémies hartnäckigem Werben ja irgendwann nachgeben. Und tatsächlich habe ich bei ihm fast Lust, von meiner Linie abzurücken und etwas ruhigere Bahnen einzuschlagen. Ich sage *fast,* denn bevor ich ihm begegnet bin, war ich weit davon entfernt, mich auf irgendeine Art von fester Beziehung einzulassen. Ich habe das Glück, ein paar gute Freunde oder Liebhaber zu besitzen, mit denen ich jene Nächte verbringe, in denen es unerträglich oder einfach unnötig wäre, allein zu sein. Einige von ihnen habe ich direkt lieb gewonnen, wie jenen, der sich ganz unverhofft in mein Leben geschlichen hat. Wenn ich auch nicht den Wunsch verspüre, ihn ständig um mich zu haben, wächst meine Zuneigung zu ihm doch von Tag zu Tag. Es ist aufregend und beängstigend zugleich … Aufregend, weil ich ihn schon so in mein Herz geschlossen habe. Und beängstigend, denn würde ich ihn jetzt verlieren, hätte ich große Schwierigkeiten, darüber hinwegzukommen und mich von ihm zu lösen. Ich würde unaufhörlich nach ihm suchen, er wäre die nie zu erreichende Verkörperung eines Ideals, derjenige, an dem ich alle anderen Liebhaber, ob vergangene oder zukünftige, messen würde. Er tut mir einfach unglaublich gut!

Er heißt Fuzuoku. Ich habe keine Ahnung, ob sein Name irgendeine spezielle Bedeutung hat, doch das ist auch überhaupt nicht wichtig. Völlig unverhofft ist er in mein Leben getreten. Er hat mich, die ich normalerweise große, kräftige Kerle bevorzuge, bezaubert. Und das trotz seines für Asiaten typischen kleinen Wuchses – er stammt aus Japan – und seiner alles in allem doch ziemlich braven Erscheinung. Aber während unseres Kennenlernens habe ich schnell seine außergewöhnlichen und ungeheuer vielfältigen Qualitäten entdeckt. Er ist so anders, ganz besonders eben. Und zwar in jeder Hinsicht, vor allem aber durch seine Sanftheit, seine Feinfühligkeit und seine Diskretion. Er drängt sich nie in den Mittelpunkt, macht keinen Lärm, schlägt keine Wellen. Er weiß meinen Gelüsten und Bedürfnissen stets entgegenzukommen. Ich kann meine ausgefallensten Fantasien mit ihm teilen, meine Erwartungen werden jedes Mal übertroffen. Und seitdem unser Verhältnis ein wenig intimer geworden ist – was übrigens trotz meiner Zurückhaltung wegen seines Äußeren ziemlich bald der Fall war –, schätze ich seine Diskretion umso mehr. Nicht, dass ich mich seiner schämen würde, weit gefehlt! Nur möchte ich die ganz eigene und komplexe Natur unserer Bindung nicht unbedingt an die große Glocke hängen. Gewisse Personen würden sie einfach nicht verstehen. Mir ist klar, dass er und ich eigentlich keine gemeinsame »Zukunft« haben und dass sein Reiz in erster Linie der Reiz des Neuen ist. Solche Schwärmereien sind nie für die Ewigkeit gemacht. Das gehört einfach zum Leben, zum unabänderlichen Lauf der Dinge, und das ist auch gut so. Doch im Moment bietet er mir das Paradies. Keiner meiner früheren

Liebhaber – und bisher auch Jérémie nicht – konnte sich je so gut meinen unterschiedlichen Bedürfnissen und vor allem meinen wechselhaften Launen anpassen. Er kann mal zärtlich und liebevoll sein, mal brutal und stürmisch, dann wieder besonnen und aufmerksam oder schnell und fordernd – je nachdem worauf ich Lust habe. Und immer genau in dem Moment, in dem ich Lust habe.

Doch ich weiß, dass ich früher oder später genug von ihm haben werde. Der Reiz des Neues wird unweigerlich verblassen. An jenem Tag werde ich … Was soll's! Dann würde ich mich eben mit Jérémie zufriedengeben.

Jérémie mit den unglaublich zarten Händen und den Samtaugen. Dieser so großzügige, stille, selbstsichere Jérémie. Er gehört zu den Männern, auf die man sich verlassen kann, an deren starke Schulter man sich nötigenfalls anlehnen kann. Was ja schließlich auch keine verachtenswerte Eigenschaft ist, nicht wahr? Doch im Augenblick sehe ich keinen Grund, ihn über die Existenz von Fuzu zu unterrichten. Er würde darin nur eine freilich vage, aber doch sehr reelle Bedrohung für sein männliches Ego sehen. Jérémie ist unglaublich stolz. Ziemlich gut gebaut und vom Typ guter Liebhaber, ist er der Überzeugung, dass er mir als Mann völlig genügen müsse. Er würde sich durch die unvergleichlichen und intensiven Wonnen sicherlich gekränkt fühlen, die Fuzu mir zu bereiten weiß.

Wie zum Beispiel neulich Abend, im Auto. Ich hatte eben die Vorstellung einer neuen Tanztruppe gesehen. Die Aufführung war mitreißend gewesen, und die Tänzer hatten meisterlich und unglaublich sinnlich getanzt. Die eindringliche Musik, die zweideutigen Gesten und die anmutigen Körper der Solisten hatten mich in einen ebenso unglaublichen wie unerwarteten Zustand der Erregung versetzt. Kaum saß ich wieder im Auto, freute ich mich zum wiederholten Male über Fuzus Anwesenheit. Dabei hätte ich ihn an jenem Abend fast gar nicht mitgenommen. Ich hatte weder Kraft noch Lust, bis zu unserer Ankunft zu Hause zu warten, um in den Genuss von Fuzus wunderbaren Liebkosungen zu kommen. Da er nur auf ein Zeichen von mir wartete, um loszulegen, wollte ich ihn schon während der Heimfahrt mit seinen diskreten Berührungen beginnen lassen. Ich spreizte vorsichtig die Beine und ließ ihn zu Werke gehen. Er begann ganz langsam, fast andächtig, streichelte die Seide meines Höschens und ließ lüstern seinen Finger darübertanzen, bis ich spürte, wie meine Möse feucht wurde. Wie immer, wenn ich erregt bin, durchströmte mich diese sanfte Hitze, die in meinen Bauch strahlt und sich bis in die Schenkel ausbreitet, meine Schamlippen öffnet und sie vor lauter Vorfreude anschwellen lässt. Dann schlich sich sein Finger in mein Höschen, hob es behutsam an und brachte so meine feucht glänzende Scham zum Vorschein. Er kitzelte sie ein Weilchen ganz leicht und wurde schließlich immer kühner, ermuntert durch ihre zunehmende Nässe. Ich spürte, wie sich meine kleine Knospe entfaltete und aufrichtete, wie mein Saft strömte, während seine vorzüglichen Liebkosungen an Intensität zunahmen. Wie konnte er mich nur so aus der Fassung bringen? Ich, die ich früher einmal geglaubt hatte, nur ein ordentlich harter Schwanz, der mich tief durchpflügte, könne mir die höchste Erfüllung bringen. Ich musste nun zugeben, dass ich mich geirrt hatte. Denn Fuzu brauchte mich nur zu streifen, und schon geriet ich in Ekstase. Ich hatte meine festgefahrenen Überzeugungen in Sachen Lust über den Haufen werfen müssen.

Den Autofahrern, neben denen ich meinen Wagen an der Ampel zum Stehen brachte, schien an meinem Verhalten nichts Ungewöhnliches aufzufallen – Fuzu war wie immer äußerst umsichtig. Es gelang mir halbwegs, noch ein Auge auf den Verkehr zu haben. Ich liebte diese Art von Konzentrationsübung unter erschwerten Bedingungen über alles. Wie schafft man es, einen kühlen Kopf zu behalten, wenn sich der übrige Körper in angenehmster, verheerendster Verzückung befindet?

Als ich eine kleine Seitenstraße in den Wald entdeckte, bog ich ab und fuhr, kaum außer Sichtweite der Hauptstraße, den Wagen an den Rand. Ich entledigte mich meines lästig gewordenen Rocks, rückte etwas zur Seite, damit Fuzu mehr Platz hatte und endlich mit der gewohnten Virtuosität vollständig in mich eindringen konnte. Er stieß tief in mich hinein und brachte meine glühend heiße Möse gnadenlos zum Erbeben. Er bewegte sich vor und zurück, wild und leidenschaftlich, und tränkte jeden Zentimeter meiner Möse mit himmlischer Lust. Als wäre jede einzelne Pore meiner Haut vom Bauch bis zu den Knien mit zusätzlichen Nervenenden ausgestattet, mit hochsensiblen Sinnesrezeptoren, die noch die zarteste seiner Zärtlichkeiten in ihrer Intensität verzehnfachten. Meine Füße trommelten wild auf dem Armaturenbrett, ich erlebte heftige orgastische Zuckungen, schluchzte vor Erregung und überließ mich ganz meiner Lust.

Zwar musste ich kurz an Jérémie denken, empfand aber

keine Spur von Schuldgefühl, auch wenn ich es kaum erwarten konnte, ihn am nächsten Abend wiederzusehen. Als er mich dann fragte, wie mein vergangener Abend verlaufen war, hätte ich ihm fast alles erzählt, konnte mich aber gerade noch im letzten Moment zurückhalten.

Ein paar Tage später hatte ich anlässlich eines überaus langweiligen Empfangs, den eine Freundin zur Promotion ihres Mannes gab, erneut das Vergnügen, in den Genuss von Fuzus Geschicklichkeit zu kommen. Ich kannte fast niemanden in der Runde, die Gespräche waren schrecklich. Ich hatte Fuzu völlig unbedacht und ohne Hintergedanken mitgeschleift und war plötzlich heilfroh darüber, denn kaum hatten wir mit der Suppe begonnen, spürte ich seine einzigartige Berührung, die dank des großen Leinentischtuchs für die anderen Gäste unsichtbar blieb. Es gelang mir halbwegs, einen Rest Haltung vor meinem Tischnachbarn zu bewahren, der mit mir die langweiligsten Themen diskutierte. Indes wanderte Fuzus wundersamer Finger heimlich zwischen meine Beine, und das ganze Abendessen über neckte, streifte, erregte er mich in einer so sanften und zärtlichen Weise, dass ich mich fast eine Stunde lang permanent am Rand eines Orgasmus befand. Ich bemühte mich, in zum Tischgespräch passenden Augenblicken höchstens ein paar »Ah!« und »Oh!« entschlüpfen zu lassen, doch das verlangte mir einiges ab. Ich spürte, wie ich immer feuchter wurde, und machte mir Gedanken um eventuelle Flecken auf meinem Kleid, doch dann überließ ich mich ganz dieser süßen Folter. Fuzu wurde allmählich verwegener und berührte mich immer heftiger, er fuhr meine glühende

Möse entlang und rieb kräftig an ihr. Hin und wieder gönnte er mir jedoch einige wenige Augenblicke der Ruhe, damit ich zu Atem kommen konnte. Dann wurden die Liebkosungen wieder aufgenommen, beschleunigt und verstärkt, und ich fürchtete, mein Körper zittere allzu heftig, um meine Lust noch verbergen zu können. Mein Nachbar beobachtete mich interessiert, und mir fiel auf, dass ich, seit ich meine Beine für Fuzus Aktivitäten weit gespreizt hatte, meinen Oberschenkel fest an den meines Gesprächspartners presste. Deutete er das als einen Annäherungsversuch? Meine Lage wurde unerträglich. Ein seltsamer Schwindel packte mich, meine Nerven bröckelten wie ein poröser Fels unter dem Einfluss der Erosion, meine Beine zitterten, weil sie sich nicht weiter öffnen durften, um einer letzten befriedigenden und befreienden Berührung Platz zu machen. Sobald die Tafel aufgehoben, der letzte Happen Dessert genommen war, flüchteten wir mehr oder weniger diskret ins Badezimmer im ersten Stock, wo Fuzu mich endlich mit einer fast brutalen und schmerzhaften Berührung zum Explodieren brachte. Wiederum musste ich an Jérémie denken, den ich beinahe gebeten hätte, mich zu diesem Empfang zu begleiten. Nach einem kurzen Augenblick der Melancholie kam ich zu dem Schluss, dass ich unbedingt einen Weg finden musste, mir das jeweils Beste aus diesen beiden Liebeswelten zu erhalten.

Ich versuchte vergeblich, eine gewisse Distanz zwischen uns zu schaffen, doch seit jenem Tag erstaunt mich Fuzu stets aufs Neue. Durch seine Verwegenheit wie durch seine Fähigkeit, mich immer dann, wenn ich es am wenigstens erwarte, zum Orgasmus zu bringen und mir damit eine freudige Überraschung nach der anderen zu bescheren. So erschien er eines Tages während meiner Kaffeepause in dem Restaurant, in dem ich arbeite. Im Schutz des kleinen Pausenraums löste er in meinem dankbaren Leib erneut ein lang anhaltendes, lustvolles Beben aus. Ich kann mich auch noch an einen gewissen Nachmittag in einem Zug auf dem Weg zu meiner Schwester erinnern. Inmitten all der Passagiere kam ich lautlos unter seinen Händen, wobei uns mein dicker Mantel ein wenig vor neugierigen Blicken schützte. Es gibt wohl nichts, was Fuzu von seinem zauberhaften Wirken abhalten kann. Er hat mir seine Unverfrorenheit schon im Kino bewiesen, im Restaurant und vor aller Augen, oder fast, in einer Kneipe und sogar in der Umkleidekabine vom Fitnessstudio! Ganz zu schweigen von den unzähligen Malen, wo wir gemütlich zu Hause ein Video angeschaut haben und er mich fast beiläufig berührt und ganz sanft gestreichelt hat. Später, im Bett, wurde die zärtliche Folter unerbittlicher, härter. Köstlicher. Auf wunderbare Weise unerträglicher. Jedes einzelne Mal verführt, befriedigt und verzaubert er mich. Und er selbst verlangt nie eine Gegenleistung! Jérémie hingegen scheint mir ungeachtet seiner vorzüglichen Qualitäten ein wenig die Geduld zu fehlen. Er hätte mich gern öfter bei sich. Eigentlich wünscht er sich, dass ich mehrere Nächte hintereinander nur mit ihm verbringen soll. Ich glaube, er findet mich ein wenig zu unabhängig. Es wäre jammerschade, wenn er deswegen das Interesse an mir verlöre.

Ich werde also alles auf eine Karte setzen und Jérémie die Lage erklären. Es ist mir lieber, er kennt mein wahres Gesicht. Mit Heimlichtuerei und Lügen werden wir erst recht keine gemeinsame Beziehung aufbauen. Wenn er Fuzus Platz in meinem Leben und in meinem Bett nicht akzeptiert, dann eben nicht. In diesem Fall werde ich mich wohl nach jemand Verständnisvollerem umsehen müssen. Es wäre schade, doch derzeit wäre es für mich undenkbar und außerdem völlig unnötig, auf Fuzu zu verzichten. Ich bin einfach verrückt nach ihm. Ich habe immer öfter Lust auf ihn, an den unschicklichsten Orten oder in den unpassendsten Momenten. Wie lange wird er noch bei mir bleiben? Wie viele Tage, Wochen oder Monate, bevor die Eintönigkeit oder die Langeweile uns beide einholt? Vielleicht wird Fuzu auf Dauer neben Jérémie etwas von seinem Reiz einbüßen. Wer weiß? Vielleicht wird es mir eines Tages gelingen, das perfekte Gleichgewicht herzustellen, in dem jeder von uns zufrieden ist. Das wäre wirklich die ideale Situation. Zwei so seltene Perlen. Warum sollte ich zwischen ihnen wählen müssen? Letzten Endes ergänzen sie sich doch gerade, so unterschiedlich, wie sie sind! Der eine bietet mir Beständigkeit in den Gefühlen und der Liebe, der andere den Wahnsinn der Leidenschaft und der erotischen Kühnheit. Jérémie ist eher muskulös und attraktiv; in seinen Armen fühle ich mich bedeutsam, fast geehrt. Er hat Ausstrahlung, Sexappeal, und nicht wenige Frauen drehen sich auf der Straße nach ihm um. Doch er hat nicht das Raffinement und die Feinheit von Fuzu, der zart, ergeben und fast harmlos wirkt. Vermutlich werde ich in Zukunft noch öfter diesem Ausspruch vertrauen: »Klein, aber oho!«

So klein, aber so unglaublich effizient! Er ist unter seinesgleichen wirklich der beste Partner, den ich je gehabt habe. Und zweifelsohne der kleinste. Gerade mal zehn Zentimeter groß! Das ist auch der Grund, warum ich mir erlaube, ihn stets bei mir zu tragen, ihn so selbstverständlich in meinem Handtäschchen zu verstauen. Mein ganz persönlicher Fuzu ist lila, doch ich weiß, dass es ihn auch in Blau, Türkis, und ich glaube sogar Gelb gibt. Er wurde »der kleinste Vibrator der Welt« getauft … Er ist äußerst diskret, so wie viele Asiaten. *Made in Japan.* Also diese Japaner sind wirklich begnadete Erfinder!

Gute Manieren

Seit zwei Monaten habe ich nur auf diesen einen Augenblick gewartet. Acht lange Wochen, in denen ich mich nach Stephanie verzehrte, dieser entzückenden Frau an meiner Seite, die ich während jener Zeit nur noch flüchtig zu sehen bekam. Und dabei wohnen wir unter einem Dach! Wie hätte ich es bloß ausgehalten, wenn das nicht der Fall wäre? Ich habe nicht die geringste Ahnung! Wie auch immer, als guter Partner unterstützte ich sie natürlich in ihrer Entscheidung, noch einmal zur Uni gehen. Ich akzeptierte den Umstand, dass sie während ihrer Vorbereitung auf eine Reihe Angst einflößender Prüfungen zum völligen Kommunikationsmuffel geworden war. Selbst die intensivsten meiner Liebkosungen ließen sie eiskalt. Die zwei Stunden pro Tag, in denen sie sich dazu zwang, eine Pause zu machen und sich (und ihr hübsches Näschen) von den Büchern loszureißen, waren gänzlich ihrer Tochter gewidmet, einer süßen Sechsjährigen, die mit ihrem unwiderstehlichen Charme schnell mein Herz erobert hatte. Stephanie und ich waren an einem Punkt unserer Beziehung angelangt, an dem ich mit ziemlicher Sicherheit sagen konnte, dass ich mit ihr, oder besser gesagt, mit ihnen, noch viele gemeinsame Jahre verbringen wollte. Und dass ich zu diesem klitzekleinen Opfer, dieser im Grunde nichtigen Beziehungspause gern bereit war, damit die Frau, die ich liebte, sich beruflich entfalten konnte. Meiner Ansicht nach war es das Mindeste, was ich tun konnte, wenn man einmal bedachte, was sie mir alles gab …

Aber trotzdem sind zwei Monate hart, wenn man sich seit knapp einem Jahr liebt, wenn die Leidenschaft noch frisch und lebendig ist. Sie waren lang, diese zwei Monate. Es fiel mir schwer, ihre trotz der dunklen Schatten unter ihren Augen strahlende Schönheit zu ertragen; ihren Duft, den ich so sehr liebte, einzuatmen; dicht neben ihr zu schlafen, die wenigen Male, die sie nicht völlig erschöpft mit einem Buch in der Hand auf dem Sofa einnickte – und dabei stets mein Verlangen unterdrücken zu müssen. Ich hatte schreckliche Lust auf sie, bis zur Schmerzgrenze, im wahrsten Sinne des Wortes, doch ich blieb standhaft, und darauf war ich stolz. Natürlich halfen mir die guten alten Methoden der Selbstbefriedigung, meine Ungeduld halbwegs zu bändigen. Doch irgendwann erwiesen sie sich als eher frustrierend denn befriedigend. Also probierte ich alles Mögliche aus, um mich auf andere Gedanken zu bringen. Aber allmählich, so wusste ich, näherte sich die Zeit der Enthaltsamkeit ihrem Ende. Stephanie hatte nämlich ihre letzte Prüfung hinter sich gebracht. Ich ließ ihr noch drei volle Tage, die sie dazu nutzte, sich einmal gründlich auszuschlafen, und an diesem sehnsüchtig erwarteten Samstag, diesem Termin, den wir als Tag unseres Wiedersehens, eines sinnlichen Festes im Wandkalender rot umkringelt hatten, waren wir endlich für einander bereit. Es durchzuckte mich schon im Voraus, in freudiger Erwartung all der Zuwendung und Lust, die sie mir zuteil werden lassen würde. Jede noch so kleine, einfache Liebesnacht, ganz ohne Glut und Raffinessen, hätte mir schon die größte Wonne bereitet! Doch wie ich meine Stephanie kannte, durfte ich mit weitaus mehr rechnen.

Denn was mich unter all den Qualitäten und Besonderheiten dieser Frau, die ich mir als Gefährtin ausgesucht habe, am meisten begeistert und immer wieder meine kühnsten Erwartungen übertrifft, ist ihre Fähigkeit, mich stets aufs Neue zu überraschen. Und zwar vor allem im Bett. Und immer mit der größten Raffinesse. Auf Raffinesse legt sie viel Wert! Da sie einem weitaus wohlhabenderen und mondäneren Milieu entstammt als ich, hat sie übrigens ihre helle Freude daran, meine »gesellschaftliche« Erziehung zu vervollkommnen und mir »gute Manieren« beizubringen, wie sie sie selbst in ihrem bürgerlichen Elternhaus erworben hat. Und ich bin willig zu lernen. Auch wenn ich als einfacher Automechaniker wohl kaum die Anerkennung ihrer unglaublich versnobten Familie gewinnen werde, bin ich trotz allem willig zu lernen.

Außerdem geht meine »Erziehung« glücklicherweise noch etwas weiter. Im Bett bringt sie mir mit dem größten Vergnügen Dinge bei, die mir aufgrund meines eher gemütlichen Naturells bisher verborgen gewesen waren. Sie hat, und das ist noch untertrieben, meinen sexuellen Horizont beträchtlich erweitert.

Kurz und gut, Stephanie ist die erste Frau, die mich auf diese Weise zu überraschen wusste, im Leben wie auch im Bett … oder anderswo. Vor allem anderswo. Als unabhängige und freie Frau, absolut frei, im eigentlichen Wortsinn, das heißt keinerlei Hemmungen unterworfen, ohne jede

Scham, fühlt sie sich in ihrem Körper rundum wohl und weiß, ihn sich bestens zunutze zu machen. Wovon sie sich auch zu meiner großen Freude durch nichts abhalten lässt. Sie hat mir unglaubliche Wonnen zuteilwerden lassen, und sie ist von einer unersättlichen Neugier, stets bereit, neue Genüsse, neue Lüste zu entdecken und dafür weder Kosten noch Risiken zu scheuen.

Für den besagten Abend des Wiedersehens hatte sie mir also etwas ganz Besonderes in Aussicht gestellt, einen »unvergesslichen« Moment. Sie hatte mir nur so viel verraten, als dass es sich um etwas handele, auf das wir während unserer vielfältigen Liebesspiele bereits zu sprechen gekommen waren. Angesichts des recht umfangreichen Repertoires von Szenarien und Fantasien, das wir seit etwa einem Jahr entwickelten, war dieser Hinweis nicht gerade aussagekräftig! Ich kannte sie gut genug, um zu wissen, dass jeder Versuch zu erraten, was sie mit mir vorhatte, von vornherein vergeblich war. Das beflügelte meine Fantasie derart, dass ich mehrere Tage lang Schwierigkeiten hatte, mich zu konzentrieren. Ich betrachtete sie im Schlaf und zerbrach mir den Kopf. Ich beobachtete sie heimlich unter der Dusche und fantasierte. Ich bereitete ihr etwas zu essen und schmachtete sie an. Doch ich vermied es sorgfältig, ihr irgendwelche Fragen zu stellen. Denn ich wusste bereits im Voraus, dass mir das höchstens eine Abfuhr, aber nicht die geringste Information einbringen würde.

Als es endlich Samstag war, überreichte sie mir eine Liste mit konkreten Anweisungen, die ich halbwegs zu deuten wusste. Ich öffnete meinen Mund, um ihr zum ersten Mal in dieser Woche eine Frage zu stellen, doch sie legte nur sanft ihren Finger auf meine Lippen und wiederholte, ich solle ohne Protest und Zögern alles tun, was sie von mir verlange. Der Lohn dafür würde meine kühnsten Erwartungen übertreffen. Bis dahin aber würde sie mich allein lassen, um ein paar geheimnisvolle Einkäufe zu tätigen und noch weitere Vorbereitungen zu treffen. Sie schloss mit der Ankündigung, sie sei um Punkt sechzehn Uhr wieder zurück, und dann müsse ich bereit sein, sie zu empfangen. Bereit, und zwar genau so, wie sie mich vorzufinden wünsche …

Und so traf ich alle von ihr verlangten Vorbereitungen. Zuerst musste ich die Möbel im Wohnzimmer verrücken, um Platz für unser Fitnessbänkchen zu schaffen, auf dem ich Stephanie am späten Nachmittag erwarten würde. Schweißgebadet, aber ohne zu murren, führte ich diesen Befehl aus. Anschließend musste ich eine Pornokassette aussuchen, die ich mir in Erwartung der Rückkehr meiner Geliebten allein ansehen sollte. Ich entschied mich für eine vom härteren Kaliber, ganz wie sie es befohlen hatte. Denn das waren ihre Worte: »… und ich meine einen richtigen Porno, mein Schatz. Ich möchte, dass du bei meiner Rückkehr völlig aus dem Häuschen bist!« Nachdem diese Aufgabe erledigt war, machte ich mich daran, die Tasche von Stephanies Tochter Mathilde zu packen, die meine teure, stets vornehme Schwiegermutter gegen fünfzehn Uhr abholen käme. Es war mir unbegreiflich, wie die Kleine ein solche Freude daran haben konnte, bei dieser Schreckschraube zu übernachten, aber ich wusste auch, dass ihre spitzen Bemerkungen und ihre hochmütige Haltung ganz allein mir galten. Sich selbst treu bleibend, musterte mich Stephanies

Mutter später abschätzig von oben bis unten, wobei sie sich zum hunderttausendsten Mal zu fragen schien, was ihre Tochter an mir bloß finden konnte. Bevor sie sich auf den Weg machten, erkundigte sie sich noch scheinheilig: »Sie haben doch hoffentlich nicht den Pyjama vergessen?« Natürlich habe ich den nicht vergessen! So blöd ist der Schwiegersohn nun auch wieder nicht! Kaum waren sie weg, ließ ich mich endlich von der Fitnessbank in Beschlag nehmen, im wahrsten Sinne des Wortes: Ich gurtete mich daran fest, schaltete den Videorekorder ein und wartete geduldig auf die Rückkehr meiner Gespielin.

Ich erschauerte am ganzen Körper. Mir schien, als wäre ich schon seit Stunden hier festgebunden, dabei waren gerade einmal zwanzig Minuten vergangen. Es war eigentlich nicht unbequem; mit meiner freien Hand konnte ich die Lautstärke des Fernsehers regeln oder, wenn sich Durst bemerkbar machte, einen Schluck Bier nehmen. Allerdings hatte mir Stephanie strengstens untersagt, mich selbst zu berühren. Jedenfalls musste sie ja auch gleich da sein. Der Sinn des Wartens bestand nun mal darin, vor allem meine Erregung und die Vorfreude auf das, was Stephanie mit mir vorhatte, zu schüren. Diese Art von kleinem Auftakt zu unseren Liebesspielen war mir wohl vertraut. Die Lederriemen, die meine Fuß- und Handgelenke hielten, waren schon des Öfteren zum Einsatz gekommen, an mir oder an Stephanie. Ja, schon so manches Mal hatte ich Stephanie in einer überaus verführerischen Pose auf diese Bank gebunden, meistens kniend und auf ihre Ellbogen gestützt. Oft legte sie zur Feier des Tages kleine betörende Kostüme an, wie zum Beispiel ihre Schuluniform, mein Lieblingskostüm. Sie war so schön darin anzusehen, mit ihren Zöpfchen, ihren bonbonfarbenen Lippen, ihren weißen Kniestrümpfen, die ihr den Anschein einer gewissen Reinheit verleihen sollten, die sie aber in der Stellung, in der sie sich befand, nur noch unanständiger wirken ließen. Sie hatte Gefallen daran, mit ihrem prächtigen Hinterteil zu spielen und es kreisen zu lassen, bis ich fast verrückt wurde vor Verlangen. Sie wand ihren Unterleib, und unter den braven Falten ihres Karoröckchens lachte mich aufreizend ihre glänzende Möse an. Wenn ich genug Kraft hatte, um der Versuchung, mich auf sie zu werfen und sie zu besitzen, noch ein wenig zu widerstehen, gönnte ich es mir, sie nach Lust und Laune zu peinigen. Die sanfte Röte, die ein zärtlicher Klaps auf ihrer schneeweißen Haut hinterließ, schätzte sie selbst mindestens genauso wie ich … Oder aber ich leckte, streichelte und zupfte an ihrer Möse, zuerst ganz langsam, dann immer gieriger. Ich steckte mehrere Finger gleichzeitig zwischen ihre gespreizten Beine und liebkoste ihren herausgestreckten Hintern. Ich neckte, biss und kitzelte sie, bis sie um Gnade winselte oder mit einem mächtigen Zucken kam.

Doch an jenem Tag begnügte ich mich als braves kleines Opfer, das auf seinen Henker wartet, mit dem passivem Part. Mit dem freizügigsten Sexfilm unserer privaten Sammlung als alleinige Gesellschaft überließ ich mich den Paaren, die sich auf der Mattscheibe allen möglichen Perversionen hingaben.

Trotz der aufreizenden Bilder, die vor meinen Augen vorbeizogen, und meiner durch das Warten ausgelösten

Erregung schossen mir unablässig Fragen durch den Kopf. Was würde Stephanie sich diesmal ausdenken, um mich zu überraschen? Hätte sie ein paar neue Spielzeuge im Gepäck, mit denen sie mich quälen, necken und peinigen würde? Genüsslich stellte ich mir eine ganze Palette geheimnisvoller Vibratoren, duftender Öle oder seltsamer Geräte vor ... Oder würde sie sich vielleicht endlich einen dieser absolut realistisch wirkenden Dildos besorgt haben? Würde sie ihn zwischen den Falten ihres Geschlechts geschickt zum Einsatz bringen und sich dabei winden vor Lust, während ich, absolut überflüssig und machtlos, mein eigenes, bis zum Platzen angeschwollenes Rohr spürte? Vielleicht würde sie ihn mithilfe eines Gürtels an ihrem Unterleib befestigen und sich damit auf wundersame Weise in einen Hermaphroditen verwandeln, um mich neue, unbekannte Wonnen kosten zu lassen, die Schmerz und Lust, Zwang und freien Willen, Widerstand und Unterwerfung vereinten? Würde sie damit vor dem Spiegel posieren und sich an dem seltsamen Anblick berauschen? Oder würde sie vielleicht ... Ich fantasierte natürlich, aber konnte es eventuell sein, dass ...?

Wir waren einige Male auf die Möglichkeit zu sprechen gekommen, einen Dritten an unseren Liebesspielen teilhaben zu lassen. Oder sogar ein weiteres Paar, um neues Terrain zu erkunden. War der Zeitpunkt dafür gekommen? Jenes berühmte »eines schönen Abends vielleicht«, mit dem wir die erregende Vorstellung, einem oder mehreren Fremden unsere Tür zu öffnen, sonst immer verworfen hatten, sollte es etwa endlich in Erfüllung gehen?

Bei dieser letzteren, mehr als verlockenden Vorstellung

richtete sich mein Glied noch weiter auf, und mein Blick fiel auf den Bildschirm, wo eine große Blonde begierig den imposanten Schwanz eines kräftigen Dunkelhaarigen leckte. Ihre weit gespreizten Beine enthüllten eine tropfnasse Möse, über die, geschickt geführt von einer prächtigen Brünetten mit agilen Fingern, ein riesiger Plastikschwanz herfiel. Was für ein Talent! Zu sehen, wie sich eine Frau so geschickt ihrer beiden Hände zu bedienen wusste, derweil ein weiterer Mann seinen Mund zwischen ihre Beine grub, war für mich die reinste Wonne. Diese Szene erregte mich immer mehr, und es fiel mir schwer, meine freie Hand davon abzuhalten, meinem Schwanz zu Hilfe zu eilen und ihm Erleichterung zu verschaffen. Doch in einer fast übermenschlichen Anstrengung gelang es mir, sie in Zaum zu halten und mich vielmehr auf Stephanies bevorstehende Ankunft zu konzentrieren. Ich wollte, dass meine Erregung voll und ganz ihr zugutekam oder sie zumindest den gewaltigen Orgasmus miterlebte, der mich sicher bald überwältigen würde. Sie müsste mit ihrer Zunge nur die richtige Stelle berühren und schon …

Mein Blick schweifte erneut in Richtung Fernseher. Die Blonde befand sich nun vor der Brünetten und hatte ihr Gesicht tief zwischen deren Schenkel vergraben, wo sich ihre Zunge gierig zu schaffen machte, während einer der beiden Männer sie kraftvoll von hinten nahm und dabei fest ihre Hüften packte, um sie noch heftiger gegen seinen Schwanz zu stoßen. Der andere Mann rieb sein dickes Rohr genau über dem Mund der Brünetten, die hin und wieder mit ihrer kleinen naschhaften Zunge darüberfuhr. Die Kamera näherte sich dem Mund der Blonden, und ich sah fasziniert ihre Zunge und ihre Lippen an dem pulsierenden Fleisch lecken und saugen, ihre Finger mit den langen lackierten Nägeln durch die glänzende Möse der Brünetten gleiten, unsanft in sie eindringen, dann zwischen ihren Pobacken verschwinden und auch dort schonungslos hineinstoßen. Wie würde ich reagieren, wenn Stephanie mit einem so netten Paar nach Hause käme? Würde ich sie an einer anderen Frau all das vollführen lassen, was ich in diesem Augenblick auf dem Bildschirm genoss? Würde ich mit ansehen können, wie ein fremder Schwanz in sie eindrang? Wie sie sich an fremden Fingern, einer fremden Zunge ergötzte? Und sie, würde sie sich selbst solche Schamlosigkeiten erlauben? Wäre sie bereit, sich vor meinen Augen derart zu offenbaren?

Die Hitze, die meinen Unterleib durchströmte, nahm mir fast den Verstand. An der Spitze meines prallen Rohres perlte ein kleiner Tropfen, es war kurz davor, seine Lava hinauszuschleudern, und wurde von winzigen Stromstößen durchpeitscht. Kleine Blitze zuckten durch meinen Leib bis hinunter zu den Knien; ich war nur noch ein Haufen elektrisierten Fleisches, ein einziges magnetisches Feld. Meine hilflosen Arme begannen zu schmerzen, mein Hals war trocken, und mein Atem stockte. Noch einmal gelang es mir, meine freie Hand davon abzuhalten, meinem Körper zu helfen, seine überschüssige Spannung abzubauen, den finalen Ausbruch auszulösen. Ich zwang mich, an Stephanie zu denken, an ihre strahlenden Augen beim Orgasmus. Ich dachte an ihre sanften Hände, an ihr seidenweiches Gesicht, das sie bestimmt über meinen Bauch, meine Brust gleiten lassen würde, an ihre Fingernägel, die mich zärtlich zerkratzen, mich genüsslich zerreißen würden. Ach, warum kam sie nur so spät?

Mit einem ungläubigen Blick sah ich auf die Möse der Brünetten, die deutlich erkennbar von einem heftigen Orgasmus geschüttelt wurde. Ihre Schamlippen und ihr Unterleib zuckten unablässig, während die Blonde nun die Früchte ihrer meisterlichen Arbeit erntete. Obgleich ich an der Wirkung der Berührungen durch die Blonde nicht im Geringsten zweifelte, musste ich doch zugeben, dass ich noch nie eine Frau bei einem so heftigen Orgasmus gesehen habe, weder in einem Pornofilm noch im wahren Leben. Was für eine herausragende Schauspielerin! Nach einer kurzen Pause tauschten die Mädchen die Plätze; die Blonde beugte sich über das Gesicht ihrer Gefährtin, und einer der Männer trat hinter sie und drang in sie ein, während er ihre Brüste knetete. Der andere Kerl brachte sich über der Brünetten in Stellung, und während die beiden Frauen absolut bewundernswert Ekstase spielten, setzte sich der muntere Reigen fort. Irgendwann wurde ich des Spektakels, dieser derart unverblümten Darbietung nackten Fleisches jedoch überdrüssig. Es wurde allerhöchste Zeit, dass Stephanie kam. Ich war völlig außer Atem, ungeduldig und vor allem neugierig auf die Überraschung, die sie für mich vorgesehen hatte.

Endlich hörte ich, wie die Tür geöffnet wurde. Sie kam. Besser gesagt, jemand kam, denn diese Schritte klangen nicht ganz so leichtfüßig wie der Gang von Stephanie. Aber wer war das nur? Zweifelsohne eine Frau. Vielleicht ein klein wenig kräftiger als Stephanie; die Absätze klapperten auf dem Parkett. Ich spitzte die Ohren. Die ziemlich leisen, ja zögerlichen Schritte kamen näher. War der Moment also gekommen? Ich hielt den Atem an, mein Herz schlug mir bis zum Hals, ich war erregt und erstarrt zugleich. Wo blieb nur Stephanie? Zog sie es vor, uns erst miteinander vertraut werden zu lassen, bevor sie sich zu uns gesellte? Ich schloss die Augen und fragte mich, wie ich wohl wirken würde, ich, dieser hier ausgestreckt liegende Mann. Die Unbekannte, die mich auf diese Weise sehen würde – die gespreizten Beine an die Füße der Fitnessbank gefesselt, mit stolz emporragendem Ständer, einen Arm über dem Kopf festgebunden, die andere Hand an die Fernbedienung geklammert, um nicht nach meinem bis zum Äußersten gedehnten Geschlechtsteil zu greifen. Sie fände mich als Exemplar eines unterwürfiges Mannes ganz sicher verführerisch. Ich spürte, wie die Lust buchstäblich Tropfen für Tropfen aus meiner Schwanzkuppe drang. Ich spannte meinen Hintern fester an, spreizte noch etwas weiter meine Beine, um die ganze Pracht meiner Erektion zur Schau zu stellen, und schloss genau in dem Moment, in dem die Schritte am Eingang des Zimmers Halt machten, aus Scham oder aus Schüchternheit, was weiß ich, ein letztes Mal die Augen. Mir gelang es daher nicht, das überraschte Luftschnappen sofort zu deuten.

Die Eingangstür ging. Ein zweites Mal? Hastige Schritte. Ich öffnete die Augen, und das Erste, was ich sah, war Stephanie mit hängenden Armen in ihrem weit geöffneten Mantel, der den Blick auf ihre nackte Taille und einen Gürtel mit einem riesigen Dildo freigab. Sie war blass, doch ihre Wangen leuchteten scharlachrot, sie hatte den Mund weit aufgerissen. Ich war viel zu benommen, um irgendetwas zu sagen oder zu tun, um irgendwie reagieren zu können. Dann hörte ich sie erst schlucken und dann stammeln: »Mama? Was machst du denn hier?«

Dieser blöde Schwiegersohn hatte nicht den Pyjama vergessen. Dieser blöde Schwiegersohn hatte den Teddybären vergessen.

Eifersucht

An diesem Morgen weckte mich das nervtötende Krächzen einer offenbar besonders frustrierten Krähe. Normalerweise mag ich Naturgeräusche beim Aufwachen ganz gern, doch dieses Gezeter raubte mir den letzten Nerv. Da die Art, wie ich morgens erwache, in der Regel den Verlauf meines weiteren Tages bestimmt, schwante mir also nichts Gutes. Doch kaum war die Krähe davon geflattert – hatte ihr jemand geflüstert, dass ich mit dem Gedanken liebäugelte, ihr ein Stück Schrot ins Gefieder zu jagen? –, spürte ich, wie in meinem vernebelten Geist allmählich die gute Laune Einzug hielt.

Umso besser. An Schlafen war nicht mehr zu denken, und ich hatte absolut keine Lust, den ganzen Tag über griesgrämig zu sein. Nicht heute. Es war Samstag, und der Wetterbericht hatte einen herrlichen Sonnentag vorausgesagt. Als ich vorsichtig die Vorhänge auseinanderschob, stellte ich mit Freuden fest, dass sich das Wetter endlich einmal an die Voraussagen hielt. Ein wunderschöner Himmel, nicht das kleinste Wölkchen und der Hauch einer Brise. Der perfekte Tag für die Skatingtour, die Eric und ich uns vorgenommen hatten.

Ich rüttelte an dem leise schnarchenden Eric. Offenbar hatte der morgendliche Lärm, der mir so auf die Nerven gegangen war, seinen bleiernen Schlaf nicht im Geringsten gestört. Ich flüsterte sanft in sein Ohr, es wäre schön, wenn er aufstünde, damit wir den schönsten Moment des Tages gemeinsam genießen könnten. Mein behutsamer Vorschlag wurde mit einem Grummeln aufgenommen, und bevor Eric sich schwerfällig umdrehte und mir seinen Rücken zuwandte, vernahm ich nur:

»Jetzt noch nicht … Ich bin gestern erst spät nach Hause gekommen. Viel zu spät … Bin noch müde. Fahr du ruhig allein. Wir sehen uns später, einverstanden?«

Nein, ich war nicht einverstanden! Schon wieder war er zu spät nach Hause gekommen, um mit mir am noch kühlen Vormittag diesem Hobby nachzugehen, für das wir uns ausnahmsweise beide begeisterten. Das Einzige übrigens … Ich war enttäuscht und schimpfte übertrieben tadelnd, um ihm wenigstens ein kleines Lächeln zu entlocken, doch ohne Erfolg. Er grummelte nur wieder. Also beschloss ich, eben allein aufzustehen und ihm noch eine Stunde zur Wiedergutmachung einzuräumen.

Ich ging nach unten in die Küche, kochte Kaffee und versuchte, nicht darüber zu grollen, dass Eric mich schon zum dritten Mal in Folge versetzte. Ja, ich wusste, dass seine Arbeit wichtig war. Ich wusste, dass er sich ins Team einfügen musste und dass dieses Team sich mit Vorliebe in einer bestimmten Kneipe in der Innenstadt traf. Beim Trinken kommt man sich ja bekanntlich näher. Ich versuchte ja, mich verständnisvoll zu zeigen, doch langsam war das Maß wirklich voll.

Plötzlich war dieser kleine, schreckliche Verdacht wieder da. Und er trug die Züge von Nadine. Zu dem so genannten

Team gehörte nämlich auch eine Nadine. Hübsche junge Frau, Ende zwanzig, Single. Früher hätte mich so etwas nicht aus der Fassung bringen können. Doch nachdem Eric an drei Freitagabenden in Folge erst in den frühen Morgenstunden nach Hause gekommen war, begann diese Nadine langsam, mich zu reizen. Und zwar nicht auf die Art, wie sie wohl Eric und die anderen männlichen Angehörigen dieses Teams zu reizen versuchte! Der neuerliche Korb, den ich bekommen hatte, verbitterte mich und trieb mich in die Fänge dieser niederträchtigen Empfindung, mit der jede liebende Frau früher oder später einmal Bekanntschaft macht: Eifersucht.

Ja, Madame E. höchstpersönlich. Widerwärtig, unkontrollierbar und absolut unerträglich. Tatsächlich fragte ich mich seit einiger Zeit immer wieder, ob Eric mich nicht vielleicht betrog. Wenn es so wäre, würde ich vermutlich sowieso nichts davon erfahren. Wenigstens so lange nicht, wie Eric es für richtig hielt. Ich wäre in der Rolle des ahnungslosen Trottels, des bemitleidenswerten Opfers gefangen, das dem unvermeidlichen Lauf der Dinge nichts entgegenzusetzen hatte. Alle seine Kumpels wüssten längst Bescheid, wahrscheinlich lieferten sie ihm sogar die nötigen Alibis. Wie mich diese Vorstellung auf die Palme brachte! Die Tatsache, am Ende nur die Betrogene, das ahnungslose Huhn gewesen zu sein und mich zum Gespött der Leute gemacht zu haben, würde dem unausbleiblichen Schmerz noch eine weitere Verletzung hinzufügen. Furchtbar!

Vielleicht spielte mir meine lebhafte Fantasie nur einen Streich. Ich dachte mir nun einmal gerne die unmöglichsten Situationen und Szenarien aus. Daher musste ich mich ziemlich anstrengen, um mir von solchen zufälligen und völlig unbegründeten Hirngespinsten nicht den Tag verderben zu lassen. Ich war jung und in bester Form – und ich hatte die Absicht, es zu bleiben. Also Pech gehabt, Eric! Wenn er es vorzog, den ganzen Tag im Bett zu vergammeln, war das seine Entscheidung. Ich würde nicht bis zum Abend warten, um dann festzustellen, dass Eric immer noch keine Lust hatte, mit mir zu skaten. Da genoss ich lieber diesen wunderschönen Vormittag. Ich stürzte also meinen Kaffee hinunter, aß eine Kleinigkeit, verstaute etwas Proviant in meinen Rucksack und machte mich mit dem Auto auf den Weg zur neuen Skaterstrecke, die wir zu erkunden geplant hatten.

Es war eine fantastische Strecke. Der asphaltierte Weg von insgesamt knapp dreißig Kilometern führte am Fluss entlang durch wunderschöne Parks und kühle Wäldchen. Ich schnürte meine Rollerblades und startete in zügigem Tempo, ließ all meine dummen und vermutlich unbegründeten Hirngespinste hinter mir.

Es war das pure Glück: das sanfte Gleiten der kleinen Rollen auf dem neuen Asphalt, die angenehm kühle Luft, bevor die Sonne langsam höher stieg … Schon bald würde diese Kühle einer herrlichen Wärme weichen. Ich konnte mich an der Landschaft einfach nicht sattsehen. Hier und da genossen ein paar vereinzelte Radfahrer, Skater und Spaziergänger diesen ersten schönen Tag seit Sommeranfang. Es waren ziemlich wenige, was mich etwas verwunderte. Dann kam ich in den ersten Park und bestaunte das funkelnde Spiel der Sonnenstrahlen auf dem Wasser wie auch auf den glänzenden Oberkörpern der Frisbeespieler, die sich über die freie Grasfläche verteilt hatten. Ein fröhliches Grüppchen, das sich aus einem Dutzend junger, wilder Männer und ein oder zwei Mädchen zusammensetzte. Als mein Blick von einem süßen Blondschopf gefangen wurde, dem gerade ein spektakulärer Wurf gelungen war, passte ich mein Tempo den schnellen Rockrhythmen aus meinen Walkman an und preschte davon.

Während vor mir ein Wäldchen auftauchte, flogen meine Gedanken unwillkürlich zurück zu der Gruppe junger Leute, an der ich eben vorbeigefahren war. Insbesondere zu dem Blondschopf. Er besaß einen traumhaften Körper. Ein paar lange helle Strähnen fielen aus seinem Pferdeschwanz und flatterten im Wind oder klebten an seinen verschwitzen Schläfen. Ich sah seinen flachen Bauch vor mir, die muskulösen Waden und den göttlichen Oberkörper. Waren diese frivolen Gedanken ein Produkt meiner jüngsten Eifersuchtskrise? Ich dachte nur noch an diesen verführerischen Körper und stellte mir vor, wie er sich eng an mich presste. Fast spürte ich dabei die raue Berührung einer fremden Hand, schmeckte ich den innigen Kuss eines fremden Mundes. Ich ertappte mich dabei, wie ich aus übertriebenem Schuldbewusstsein Eric bereits verzieh, dass er mich wieder einmal versetzt hatte. Vielleicht hätte ich ja meinerseits auch die Möglichkeit, ihn eifersüchtig machen, indem ich ihm von meiner Begegnung mit diesen glänzenden, braun gebrannten Männerkörpern erzählte? In letzter Zeit hatten meine Gedanken trotz meiner Sorgen in Bezug auf Eric – oder vielleicht gerade ihretwegen? – öfter als gewöhnlich eine deutliche sexuelle Prägung. Ich hoffte insgeheim, dass auch Eric darin eine unerschöpfliche Quelle der Lust erkennen würde, hatte bisher aber noch nicht das Vergnügen, diese ungewohnten erotischen Anwandlungen mit ihm zu teilen. Vielleicht war dieser wunderschöne Junitag eine ideale Gelegenheit? Mit ein bisschen gutem Willen von beiden Seiten war im Grunde alles möglich. Plötzlich hatte ich es eilig, wieder zurück zu Eric zu kommen. Ich schwor mir, die Existenz einer gewissen Nadine zumindest für eine Weile einfach zu vergessen. In diesem Augenblick wurde ich von der Gruppe meines schönen Blonden mit dem Pferdeschwanz eingeholt, diesen sehnigen jungen Leuten, die ebenfalls auf Rollerblades unterwegs waren, wenn auch in einem deutlich flotteren Tempo als ich. Während ich den sonnengebräunten Rücken meines weizenblonden Adonis bewunderte, fragte ich mich, wie er wohl aussähe, wenn er splitternackt wäre und seine Haut unter meinen Berührungen erschauern würde. Was für ein Schwanz würde sich meinem neugierigen Blick zeigen? War er lang und schmal oder kurz und dick? Oder vielleicht lang und dick oder kurz und schmal?

»Böses Mädchen!«, schimpfte ich mit mir selbst und lächelte kokett vor mich hin. Legte ich es vielleicht unbewusst darauf an, Eric alles heimzuzahlen? Auge um Auge, Zahn um Zahn oder so? Die Rache einer Frau ist süß, selbst wenn ihr Grund noch gar nicht erwiesen ist!

Zum vorgesehenen Zeitpunkt erreichte ich Kilometer fünfzehn, den Rastplatz für meine kleine Mittagspause. Der Weg mündete hier in einen riesigen Park mit vielen schattigen Plätzchen, der bis zum Sandstrand des Flusses hinunterreichte. Dort waren ein paar Bänke und Wetterdächer aufgestellt. Ich setzte mich auf eine Bank, zog zufrieden meine Rollerblades aus und stellte dabei fest, dass auch die jungen Leute hier waren. Zwei von ihnen waren damit beschäftigt, eine Decke auszubreiten, ein Dritter verteilte Proviant. Doch nirgends entdeckte ich meinen schönen Blonden. Wo war er nur? Weit konnte er ja nicht sein. Jedenfalls zog ich die Sandalen an, die ich immer im Rucksack dabeihatte, und steuerte dann auf einen der freien Tische am Wasser zu. Ich packte mein Picknick aus und war ganz hingerissen von der Schönheit und klugen Gestaltung dieses einzigartigen Fleckchens. Seit mehr als acht Jahren war ich nun schon begeisterte Skaterin, aber noch nie war mir eine so schöne Strecke untergekommen.

Ich wollte gerade in mein Sandwich beißen, als ich eine Art Hecheln vernahm, gefolgt von leisem Flüstern. Ich konnte die Geräusche nicht orten, doch schon bald war ein etwas lauteres Röcheln zu hören. Ich kaute halbherzig an meinem Brot und versuchte angestrengt, die Herkunft dieser Laute zu bestimmen. War dort jemand in Schwierigkeiten? Irgendetwas, vermutlich wieder mein Instinkt, ließ mich allerdings daran zweifeln … Ich verzichtete also darauf, laut »Ist da jemand? Ist alles in Ordnung?« zu rufen. Ich hatte vielmehr das Gefühl, dass es sich um etwas ganz anderes handelte. Allem Anschein nach um etwas ziemlich Angenehmes, das sich in der kleinen Baumgruppe in meinem Rücken abspielen musste. Bald war klar, dass hier irgendjemand aus Gründen keuchte, bei denen meine Hilfe nicht gefragt war.

Dann wurde das Keuchen immer schneller und deutlicher zu hören, obwohl man offensichtlich versuchte, es zu unterdrücken. Äste knackten, Blätter raschelten. Eine zweite, tiefere Stimme gesellte sich zu der ersten. Das Ganze wurde lauter und heftiger, und ich fühlte mich mit meinem Sandwich irgendwie fehl am Platz. Doch ich konnte nicht anders, ich spitzte neugierig die Ohren. Zu meinem Erstaunen stellte ich fest, dass ich selbst erregt war. Den Stimmen nach zu urteilen, waren dort im Gebüsch zwei Personen mit Dingen beschäftigt, von denen ich seit einiger Zeit höchstens träumen durfte. In Gedanken gesellte ich mich einfach zu ihnen. Es fiel mir nicht schwer, mir auszumalen, was vor sich ginge, wenn ich tatsächlich bei ihnen wäre: Mein junger Blonder mit dem Traumkörper, dessen Haare nun offen waren und in unbändigen Strähnen sein schönes Gesicht umspielten, vögelte mit der hübschen Rothaarigen, an der ich vorhin vorbeigefahren war. Ich sah den muskulösen Körper des jungen Mannes, seinen Schwanz, der gnadenlos in den zarten Schoß des Mädchens stieß, ihre Münder, die sich in feuchten Küssen miteinander verbanden. Die kleinen weißen Hände der Rothaarigen umklammerten den strammen Hintern meines blonden Hengstes, ihre Brüste hüpften im Rhythmus seiner Stöße. Gierig biss er in ihre Nippel, in ihre Schultern, ihren Nacken und ihre Arme. Seine Zähne gruben sich so tief in ihre zarte Haut, dass ihre Freundinnen sie später wegen der verräterischen Spuren mit einem neidischen Glanz in den Augen aufziehen würden. Die Rothaarige ließ diese Martern klaglos über sich ergehen und streckte diesem gefräßigen Mund sogar noch ihren Hals, ihre Brust, ihren Bauch entgegen. Es war ein köstlicher Schmerz, genau wie jener, den sie spürte, als sich der riesige Schwanz ihres Lovers gewaltsam Zutritt zu ihrer kleinen, engen Möse verschaffte. Damit er noch härter wurde, zwickte ihn die Unersättliche sanft in die Brustwarzen, schlang ihre Beine um seine schmale Taille, wühlte durch seine Haare und strich ihm die Strähnen aus dem Gesicht, um sich in seinen tiefblauen Augen zu verlieren …

Ich war aufgewühlt. Die Bilder ließen mich nicht mehr los. Ich muss ziemlich komisch ausgesehen haben, wie ich da allein an meinem Tisch saß, die Augen geschlossen hatte, ein Schinken-Käse-Sandwich auf halbem Weg zu meinem geöffneten Mund in den Händen hielt und völlig regungslos auf irgendetwas zu warten schien. Doch nichts und niemand hätte mich aus dieser Seifenblase reißen können, in der ich mich gerade befand. Ich nahm jede Empfindung, jede Gefühlsregung der beiden wahr. Ich stellte mir vor, wie das Gras an dem weichen Hintern des Mädchen kitzelte und die Zweige die Knie des Blonden zerkratzten. Wie die Mücken in frühsommerlicher Hochform ihnen unerbittlich zusetzten. Doch das Pärchen schien das alles nicht zu kümmern. Selbst die stickige und schwüle Hitze, die unter diesem Blätterdach herrschen musste, tat ihrer Erregung offenbar keinen Abbruch. Mein Instinkt sagte mir, dass die beiden auf diesen Augenblick sehr, sehr lange gewartet haben mussten. So lange, dass sie sich irgendwann einfach nicht mehr beherrschen konnten. Sie hatten sich von ihrer Gruppe entfernt und in das Wäldchen zurückgezogen, wo sie sich des Großteils ihrer Kleider entledigt und nur das Nötigste anbehalten hatten, für den Fall, dass man sie dort überraschte. Noch waren sie nicht über beide Ohren ineinander verliebt, würden es aber sicher bald sein, wenn die Zeit und die Umstände mitspielten. Sie kannten sich noch nicht sehr lange …

Mit einem Mal machte mich diese Fantasie regelrecht wütend. Was wusste ich überhaupt von den beiden? Nichts! Rein gar nichts! Dieser plötzliche Anfall von schlechter Laune verwunderte mich selbst, und ich brauchte eine Weile, um zu begreifen, dass ich einfach eifersüchtig war. Nicht wirklich eifersüchtig auf das Mädchen, das da vielleicht mit dem schönen Blonden oder wem auch immer im Gebüsch war, nein. Einfach eifersüchtig auf diesen Zustand fiebriger Erregung, diese Leidenschaft, die ich bei Eric in letzter Zeit vermisste. »Was ist denn nur mit uns los?«, fragte ich mich. Ich hatte so ein vages Gefühl, dass diesmal nicht einfach nur meine lebhafte Fantasie mit mir durchging. Eric war wirklich etwas distanziert, ja fast schon kühl. Er behauptete, nur mit seiner Arbeit beschäftigt zu sein, und ich hatte es ihm anfangs geglaubt. Doch inzwischen war ich mir nicht mehr sicher. Und ich hatte keine Ahnung, wie ich die Dinge wieder in normale Bahnen lenken konnte. So wie früher, als wir noch ineinander verliebt waren, was im Übrigen noch nicht besonders lange her war.

Plötzlich kam mir eine Idee. Ich lauschte noch eine Weile den beiden Turteltäubchen, um ihre »Schwingungen« ganz in mich aufzunehmen, packte dann meine Sachen zusammen und beschloss, das Stöhnen und Keuchen so lange in meinem Kopf zu bewahren, bis auch ich diese fast unanständige Wollust selbst erfuhr. Kam es am Ende vielleicht nur darauf an, sich wieder auf das Spiel der Leidenschaft einzulassen, damit der Zauber in unsere Beziehung zurückkehrte? War es vielleicht das, was uns fehlte? Eine sinnliche Begegnung zwischen mir und ihm? Die letzte schien

Ewigkeiten her zu sein. Ich war neugierig zu sehen, ob Eric dem widerstehen konnte.

Als ich zu Hause ankam, fand ich einen Zettel, auf dem Eric mir mitteilte, er mache ein paar Besorgungen. Ich war enttäuscht, aber keineswegs entmutigt. Stattdessen nutzte ich die Gelegenheit, ausgiebig zu duschen und mich dabei an einer Fülle von prickelnden Fantasien zu berauschen, in denen wogende Büsche, ineinander verschlungene Körper und unterdrücktes Stöhnen vorkamen.

Als etwa eine halbe Stunde später Eric eintraf, fand er mich in verführerischer Pose und nur mit einem leichten Morgenmantel bekleidet auf dem Wohnzimmersofa, wo ich mich mit geschlossenen Augen und Gänsehaut räkelte und meine Hand zwischen meine glühenden Schenkeln vergrub. Seine Reaktion entsprach voll und ganz meinen Erwartungen … Allerdings verstand er nicht ganz, warum ich so dringend von ihm gebissen, gekratzt und gezwickt werden wollte. Er würde es noch früh genug verstehen! Denn ich hatte beschlossen, ihn gleich am nächsten Tag an die Stätte meiner jüngsten erotischen Fantasien zu führen. Wer weiß, welch neuen Schauspiels wir dann Zeuge würden?

Der Sonntag war ebenso schön wie der Tag davor, und ohne Probleme konnte ich Eric dazu bringen, mit mir auf der neuen Skaterstrecke zu fahren. Für den Fall, dass mein Geliebter Lust bekäme, das kleine Wäldchen einmal selbst zu erkunden, zog ich vorsorglich das Paar Shorts an, das sich am leichtesten ausziehen ließ. Voller Freude beobachtete ich, dass auch Eric auf die Unterwäsche verzichtete …

Mit einem unschuldigen Lächeln führte ich seine Hand versuchshalber in meine Shorts, und sein Gesicht hellte sich auf. Zwar versuchte er zunächst alles, um mich zu Hause zurückzuhalten, doch ich war fest entschlossen, uns beide diesem schweißtreibenden Anstieg des Verlangens auszusetzen, diesem unaufhaltsam anschwellenden Drang, uns gegenseitig zu berühren und zu streicheln, der uns seit einiger Zeit so schmerzlich gefehlt hatte. Mir war auf einmal ganz leicht ums Herz! Vielleicht gab es am Ende ja tatsächlich keinen Grund zur Sorge. Vielleicht war ich ja wirklich nur meiner überschäumenden Fantasie zum Opfer gefallen und mit meinen Zweifeln und Verdächtigungen völlig auf dem Holzweg. Wie sehr ich hoffte, dass mir von irgend so einer dahergelaufenen Nadine keine Gefahr drohte! Ich hatte jedenfalls fest vor, jeden einzelnen Augenblick dieses Tages mit dem Zauber des wiedergefundenen Verlangens zu erfüllen. Erics lüsterner Blick auf meine Beine und meinen Hintern, der sich bei jeder Skaterbewegung aufreizend spannte, machte mich ganz verrückt. Kleine Schauer jagten mir über den Rücken, wenn ich mir vorstellte, wie unter seinen lockeren Shorts sein Schwanz frei und ungehemmt im Rhythmus seiner Schritte schaukelte. Ich vermutete, dass er leicht erigiert war, sich in diesem Zwischenzustand der latenten Erregung befand, dessen Verwandlung hin zur fiebrigen Raserei ich so gern beobachte. Wie liebe ich es, wenn er unter meinen Fingern an Spannung und Härte zunimmt! Mit ein bisschen Glück könnte auch ich bald meine Hand unter diese einladenden Shorts gleiten lassen und diesen armen Schwanz aus seinem Nylonkäfig befreien …

Als wir den Park am Ende der Strecke erreicht hatten, führte ich Eric an »meinen« Tisch am Wasser und hoffte dabei, ohne jedoch wirklich daran zu glauben, noch einmal auf mein heimliches Liebespaar zu treffen. Leider war das Wäldchen heute verwaist. Doch so schnell gab ich nicht auf. Während wir unser Picknick auf dem Tisch ausbreiteten, machte ich mich daran, Eric die Szene zu schildern, die ich am Vortag hier erlebt hatte. Auch wenn ich die Identität oder das Aussehen der Protagonisten meines Erotikfilmchens nicht nachgeprüft hatte, beschrieb ich sie meinem aufmerksamen Zuhörer doch mit vielen Details, von denen ich wusste, dass sie ihn nicht kaltließen. So hatte die Rothaarige beeindruckende Brüste und Haare bis zum Hintern ... Während ich kokett immer näher an ihn heranrückte, erklärte ich Eric, dass ich alles genauestens gehört hatte: leises Keuchen und wildes Stöhnen, das Knacken der Zweige unter dem Gewicht der Liebenden und das Klatschen ihrer Becken, die in rasendem Rhythmus aufeinanderprallten. Nachdem ich unter dem dünnen Stoff seiner Shorts das gewünschte Resultat meiner Ausführungen sich abzeichnen sah, zog ich ihn ins Gebüsch.

Die Luft dort war kühl und von einem mir unbekannten, süßlichen Aroma. Wir zogen unsere Shorts aus und sahen uns in die Augen, und ich hatte das Gefühl, alle Zärtlichkeit und alle Sehnsucht dieser Welt lägen in diesem einen Blick. Zögernd setzte ich mich ins kühle Gras, woraufhin Eric sich über mich beugte und mich behutsam lang ausstreckte. Er kniete sich zwischen meine Beine und sah mich einen Augenblick an. Dann befeuchtete er seine Finger mit seinem heißen Speichel und streichelte mich sanft und mit unglaublicher Geschicklichkeit. Durch eine Berührung mit der Zunge brachte er meine Möse dazu, sich zu öffnen, sich regelrecht zu entfalten und nach seinem harten Schwanz zu lechzen. Er hob meinen Hintern ein wenig höher, schob das wilde Kraut beiseite, das unseren Schlupfwinkel überwucherte, und einen Augenblick später drang er in mich ein, stieß sein langes Schwert in meinen gierigen Leib, durchpflügte mich. Ich spürte unser zuckendes Fleisch. Schnell schlang ich meine Beine um seine Taille und nahm die Stellung der Rothaarigen aus meiner Fantasie ein. Ich zwickte in seine Brustwarzen und biss in seinen Hals, während seine Schulter immer heftiger gegen mein Kinn schlug. Mein schmerzender Rücken lag auf Zweigen und Steinchen, doch es war gut. Die Sonne, die durch das Blätterdach fiel, brannte auf einzelne Stellen unserer Körper, doch es war gut. Unser beider Schweiß vermischte sich, brannte uns in den Augen und hinterließ einen salzigen Geschmack auf unserer Haut, doch es war gut. Erics Schwanz stieß mich immer wilder, ich biss ihn kraftvoller, und er tat es mir gleich, doch es war gut. Dann, als er kurz vorm Explodieren war, streichelte er mich und rieb an meinen empfindlichsten Stellen, und auf einmal spürte ich, wie ein Beben unsere beiden Körper gleichzeitig erschütterte. Ein gewaltiges Beben. Und es war gut. Wirklich, richtig, himmlisch gut.

Das alte Begehren schien wieder Einzug halten zu wollen, und meine Bedenken verflogen. Bis der Freitag kam. Ich weiß nicht, warum ich geglaubt hatte, dass das Team uns nicht mehr in die Quere kommen würde, doch als Eric mich an jenem Abend zum Abschied küsste, bevor er zu seinen Kollegen in die Stammkneipe ging, brach mir fast das Herz. War ich schon wieder auf ein Hirngespinst hereingefallen? Waren all die Zärtlichkeiten nur Fassade? Nur eine Taktik von Eric, mich in Sicherheit zu wiegen, um dann freie Hand zu haben? Im Grunde brachen meine Befürchtungen nun sogar mit noch mehr Macht hervor als in der Woche zuvor. Doch was für eine Überraschung! Am Samstag stand er für unsere Tour mit mir zusammen auf. Und das, obwohl er nachts kaum zum Schlafen gekommen war. Spürte er, dass es langsam brenzlig wurde? Ahnte er, dass ich einen Verdacht hegte und trotz seiner Ablenkungsmanöver das Gefühl nicht loswurde, in die wenig beneidenswerte Rolle der betrogenen Ehefrau gedrängt zu werden?

Ungeachtet seines Schlafmangels legte Eric beim Skaten einen fast verdächtigen Enthusiasmus an den Tag und jagte voller Schwung in einem zügigen, entschlossenen Tempo über den Asphalt. Am Ende der Strecke führte er mich gezielt in »unser« kleines Gebüsch. Aber trotz bester Absichten wurde nur ein schneller, halbherziger und ziemlich unbefriedigender Fick daraus. Ich glaube, wir waren nicht wirklich mit dem Herzen dabei. Weder er noch ich, wie ich leider zugeben muss. Es war heiß, und anders als noch vor einer Woche plagten mich die Mücken. Außerdem spürte ich, dass Eric genauso ungeduldig war wie ich. Das war's dann wohl mit der neuen Annäherung zwischen uns. Tatsächlich kündigte er mir schon am Montag ein neues Treffen mit seinem Team an.

Das war einfach zu viel. Ich war vielleicht naiv, aber nicht blöd! An jenem Abend wartete ich bis zwei Uhr morgens. Wenn meine schlimme Vorahnung begründet war, würde ich zwischen dem Geruch nach Zigaretten und dem verblassenden Hauch seines Aftershaves auch das Parfüm einer Frau erkennen, das ihn ein für alle Mal verriet. Stundenlang lag ich wach in meinem Bett und versuchte, die unerträgliche Vorstellung von Eric in den Armen einer anderen Frau aus meinem Kopf zu vertreiben. Gegen drei Uhr schlief ich schließlich ein, ohne auch nur irgendetwas geklärt zu haben. Er war noch immer nicht zu Hause.

Wie zu erwarten, stand ich am Dienstag mit einer hundsmiserablen Laune auf. Als ich Eric neben mir ausgestreckt sah, der seelenruhig schlief und nicht das Geringste von meiner Verzweiflung ahnte, hatte ich einen Augenblick lang fast das Gefühl, ihn zu hassen. Wer gab ihm das Recht, mich so zu quälen?

Müde, enttäuscht und frustriert schleppte ich mich ins Bad und ließ die Dusche laufen. Ich war so verdrossen, dass ich das Jucken zwischen den Beinen erst gar nicht recht bemerkte. Mein Gott, wie das juckte! Es war kaum auszuhalten. Ich versuchte also, mich ein wenig zu beruhigen und die betreffende Stelle vorsichtig abzutasten, um herauszufinden, was die Ursache dieses heftigen Juckreizes war. Ich ertastete unzählige kleine Schwellungen, von denen das unerträgliche Jucken allem Anschein nach ausging. Daraufhin sah ich noch einmal nach Eric und stellte fest, dass auch er sich sogar im Schlaf im Schritt kratzte. Mein Kopf zog daraus den schrecklichen Schluss: Dieser Schuft! Nicht genug, dass ich die dumme Gans war, die man nach Herzenslust betrügen konnte! Obendrein war er auch noch so blöd, es ohne Kondom zu tun und mir irgend so ein Dreckszeug einzuschleppen!

Ich war am Boden zerstört. Das war es also, was von unseren gemeinsamen Jahren, von unseren vielen Plänen und Träumen übrig blieb. Auf diese Weise fanden sich nun all meine Zweifel der letzten Wochen bestätigt. War es seine Untreue oder die erbärmliche Art, in der ich davon erfahren musste, die mich mehr verletzte? Hatte er wirklich so blöd sein können? So respektlos? So unvorsichtig?

Ich sah auf Eric, der sich immer heftiger kratzte. Plötzlich öffnete er die Augen und warf mir einen rätselhaften Blick zu. Ich hätte schwören können, eine Mischung aus Wut und Enttäuschung darin zu erkennen. Das war doch wohl der Gipfel! Gerade er hatte Grund, wütend und enttäuscht zu sein! Ich wollte eine Erklärung von ihm verlangen, doch mir fehlte die Kraft dazu. Und dann dieser Blick, der immer noch auf mir lag! Auch in mir stieg die Wut auf, doch irgendwie ahnte ich, dass es wohl das Beste wäre, das Unwetter erst einmal vorüberziehen zu lassen. Wenn es jetzt losbräche, wären die Schäden sicher verheerend. Wir starrten uns feindselig an und fragten uns, wer von uns beiden wohl als Erster seine Anschuldigungen vorbringen, seinem Ärger Luft machen würde. Und dann stieß er in einem fast gehässigen Ton hervor:

»Na sieh mal einer an! Du scheinst ja dasselbe Problem zu haben wie ich! Es hat dir wohl nicht gereicht, dir selber diesen Mist einzufangen? Nein, du musstest ihn auch noch mir an die Backe hängen!«

Es folgte eine fürchterliche Szene, während der er mich beschuldigte, wild in der Gegend herumzuvögeln, ohne dabei auch nur einen Gedanken an meinen Schutz, geschweige denn an seinen zu verschwenden. Ihm würde ich nichts vormachen, sagte er, von wegen all dieser neuen erotischen Fantasien, die ich so gerne mit ihm »teilen« wollte. Wutentbrannt warf er mir vor, ich hätte all die vielen Abende, die er sich mit Versammlungen mit den Kollegen um die Ohren schlagen musste, schamlos ausgenutzt. Worauf ich entgegnete, dass er sie sich ja vor allem mit einer gewissen Nadine um die Ohren schlagen würde. Kurz gesagt, wir beschuldigten uns gegenseitig der schlimmsten Niederträchtigkeiten und ließen kein gutes Haar mehr am anderen.

Weil ich der Katastrophe nicht mehr Herr wurde, ergriff ich schließlich die Flucht. Ich lief heulend und zitternd aus der Wohnung und ging ein paar Schritte durch den benachbarten Park. Doch das Jucken kehrte zurück und beherrschte alles andere. Da es mir undenkbar schien, in einer solchen Verfassung meinen Arbeitstag zu beginnen, und da es ganz offensichtlich Dringenderes gab, fuhr ich auf direktem Weg ins Ärztehaus. Ich schämte mich so sehr, dass ich es kaum wagte, aus meiner Zeitschrift aufzusehen, aus Angst, auf meiner Stirn wären für jeden lesbar die Worte BETROGENE EHEFRAU eingebrannt. Als ich aufgerufen wurde, begab ich mich ins Behandlungszimmer und war erleichtert, dass ich den Dienst habenden Arzt nicht kannte. Ich schilderte ihm kurz mein Problem. Er ließ mich Hose und Schlüpfer ausziehen, untersuchte mich aufmerksam und erklärte nach einer Weile mit einem leicht spöttischen Lächeln auf den Lippen:

»Das sieht mir ganz nach Giftefeu aus. Ist in unseren kanadischen Wäldern keine Seltenheit. Eine Kortisonsalbe und ein kühler Umschlag dürften Ihren Beschwerden Abhilfe schaffen … Und Ihr Partner hätte sicher auch Verwendung dafür!«

Seitdem haben wir immer ein kleines Handtuch im Rucksack, wenn wir beide auf Tour gehen. Man weiß ja nie, ob nicht irgendwo wieder ein interessantes Gebüsch auf uns wartet.

Offen für alles

Mit einem entschlossenen Stoß drang Hugos Schwanz tief in meinen Leib. Endlich! Ich winkelte die Knie an, spreizte meine Beine, so weit es nur ging, und nahm ihn überglücklich in mich auf.

»Hast du mich vermisst?«

»Merkt man das nicht? Oder bin ich dir etwa nicht feucht genug?«

Ob ich ihn vermisst hatte! Nicht weniger als die Male zuvor. Doch war es mir wie immer gelungen, die Langeweile zu besiegen. Ich hatte schließlich keine andere Wahl. Möglichkeiten gab es ja genug. Da er die Art meiner Gedanken erahnte, fragte er mich mit einem Lächeln auf den Lippen:

»Also, was hast du unternommen, um die dir Zeit zu vertreiben?«

»Ach, Richard hat gestern Abend vorbeigeschaut ... Er ist heute Morgen wieder gegangen. Ich wollte, dass er rechtzeitig weg ist, bevor du nach Hause kommst.«

»Ja, das ist lieb. Du weißt, wie wenig ich den Duft fremder Männer auf deiner Haut mag ... Zumindest wenn wir beide allein sind ... Also, wie war's? Erzähl mal!«

Daraufhin stieß er noch kraftvoller in mich hinein. Er hob meine Schenkel an, legte meine Waden auf seinen robusten Schultern ab, und dann zog er sich unendlich langsam aus mir zurück, bevor er mit derselben, fast feierlichen Langsamkeit wieder zu mir kam und mit jedem Millimeter, den er vordrang, meine Lust vergrößerte. Seine Augen funkelten, seine Zunge fuhr sinnlich über seine vollen Lippen. Er wusste, dass er mich damit vor Verlangen verrückt machte. Immer weiter drang er in mich ein, doch ich wollte mehr, immer mehr von ihm, wollte ihn noch tiefer, noch näher spüren. Als er endlich seinen Bauch auf meinen presste, wand ich mich und packte seinen Schwanz bei der Wurzel. Meine Hand wurde zum Schraubstock, der sich sanft, aber unerbittlich um sein glänzendes Glied legte. Sein Lächeln ermunterte mich, mit meinen Geständnissen fortzufahren.

»Ach, weißt du, es ist ja jedes Mal ein bisschen das Gleiche mit Richard. Schon als er ankam, hatte er einen solchen Ständer, dass in seiner Hose eine richtige Beule war. Ich machte ihm auf, und er stieß mich sofort zurück, mit diesem leicht arroganten Blick, als wolle er sagen: ›Ich weiß genau, was du willst, und du wirst es gleich bekommen. Aber vorher gehst du vor mir auf die Knie!‹ Ich gehorchte und warf mich ihm zu Füßen. Er packte meine Haare und versenkte seinen Schwanz in meinem Mund. Er stieß ihn mir viel zu hart und viel zu weit rein, weißt du, so dass ich fast einen Brechreiz bekam! Doch da ihm mein Widerstand egal war, verstärkte er sogar noch den Druck und stieß immer tiefer in meinen Hals. Ich schmeckte den Saft, der aus seiner Eichel strömte, und dann zog er sein Teil wieder raus und zerrte mich an meiner Bluse hoch. Dabei merkte ich, dass ich nicht einmal dazu gekommen war, die Tür zu schließen! Stell dir mal vor! Vielleicht haben uns die Nachbarn gesehen!«

»Na und? Denkst du, ich bin der Einzige, der weiß, was für ein böses Mädchen du bist?«

»Nein, ganz sicher nicht, aber … Zumindest versuche ich, den äußeren Schein zu wahren! Wir wohnen schließlich in einem anständigen Viertel.«

Daraufhin zogen sich meine Finger um seinen Schwanz noch fester zusammen, während sie es mit ihrer Dreistigkeit immer weiter trieben und sanft seine prallen Hoden kraulten. Er stieß dieses tonlose Knurren hervor, das ich an ihm so liebe, und stammelte:

»Los, erzähl weiter!«

»Na gut … Eigentlich ging alles recht schnell. Er hat mich umgedreht, mich quasi auf die Treppe geworfen, mir mein Höschen heruntergerissen, sogar zerrissen – tut mir leid, es war das rosafarbene, dein liebstes! Dann hat er mich dort auf den Stufen genommen. Er hat gar nicht erst versucht, mich zu streicheln, sondern mich mit einem einzigen Stoß durchbohrt, um mich dann ohne Pause und vor allem ohne Gnade durchzuvögeln.«

»Hat er dir wehgetan?«

»Ein bisschen, ja, weil ich noch nicht ganz für ihn bereit war. Doch nachdem er mich ein paar Minuten beackert hatte, ging es. Und außerdem weißt du ja, wie sehr ich es mag, hin und wieder so richtig hart drangenommen zu werden.«

»Ja, wie damals, als er seinen Kumpel mitgebracht hatte. Wie hieß der noch gleich?«

»Karl … Ja, Karl …«

Ich verstummte. Karl war ein sensibles Thema, und schon die Erwähnung dieses Namens versetzte mich in helle Aufregung. Denn zu zweit hatten Karl und Richard es mir besorgt wie noch niemand anders zuvor. Beide zugleich und jeder für sich ...

An jenem Tag war Richard wie immer ohne Vorwarnung hier aufgekreuzt, hatte es sich – schon wieder! – auf der Treppe bequem gemacht und mich aufgefordert, auf ihm zu reiten. Demütig gehorchte ich. Und dann spürte ich plötzlich Karl hinter mir, von dem ich dachte, dass er sich damit begnügen würde, mich zu streicheln. Ich spürte seine Brust an meinem Rücken, seine Lippen an meinem Hals ... Sein Gewicht drückte mich nieder, und sein erigiertes Glied versuchte, sich zwischen meine Pobacken zu drängeln. Was ihm ungeachtet meines Widerstandes und meiner Bedenken auch bald gelang. Und dann fühlte ich plötzlich diesen himmlischen Schmerz, dieses köstliche Brennen.

Ohne dass ich es gewollt hatte, war ich ganz in der Gewalt ihrer entfesselten Körper, eingezwängt zwischen ihren gierigen Schwänzen, ihren fordernden Händen hilflos ausgeliefert. Eingeschlossen, gefangen, erobert und zermalmt. Es hätte in diesem Augenblick nur noch ein weiteres Glied in meinen Mund drängen und auch diese Öffnung verschließen müssen, um mich völlig zum Objekt, zu einem reinen »Schwanzhalter« werden zu lassen. Doch dann hätte ich meine Wollust nicht herausschreien können, wie ich es in diesem Moment tat, als ich gierig die glühend heiße Luft einsog, um den Schmerz und die Lust ertragen zu können. Zwei so gegensätzliche und doch so eng miteinander verknüpfte Empfindungen! Zwischen diesen beiden Schwänzen, einem vorn und einem hinten, wand sich mein Körper in einer teuflischen Umklammerung. Ein Mund schnappte nach mir, ich hatte keine Ahnung, wem er gehörte, da mir längst keine Zuordnung zu »vorn« oder »hinten« mehr gelang. Ihre gnadenlosen Hände setzten meinen Brüsten zu und kratzen, zerrten und quetschten an ihnen herum, um sie mit den Spuren meiner Unterwerfung zu versehen.

Hugo riss mich aus meinen Erinnerungen. Er hätte sie gern mit mir geteilt, musste sich jedoch mit dem Wenigen begnügen, das ich ihm davon zuteilwerden ließ.

»Du siehst aufgewühlt aus. Verheimlichst du mir etwas? War Karl wieder da? Nicht? Ich hoffe doch, du wartest mit diesen kleinen Schweinereien bis zu einem Abend, an dem auch ich da bin. Ich würde dabei gern einmal zusehen.«

»Schweinereien! Meinetwegen. Aber du weißt ja, ich hatte keine Wahl! Ich habe doch schon gesagt, dass alles sehr schnell ging, wie immer bei Richard.«

Hugo schloss die Augen, vermutlich, um sich besser vorstellen zu können, wie ich mich in den Fängen von Richard und seiner entfesselten Begierde wand. Ich fuhr fort:

»Übrigens hast du mir noch gar nicht erzählt, wie dein Abend gestern zu Ende gegangen ist.«

»Ich? Ach, weißt du, es war nichts Besonderes.«

Wir vögelten immer noch, wenngleich unser Tempo nach den Wallungen, die meine Erzählung verursacht hatte, etwas ruhiger geworden war. Hugos Stöße waren nun langsamer, aber dafür umso intensiver. Mein Geliebter wirkte fast nachdenklich und fragte sich vermutlich, wie ich seine nun folgenden Enthüllungen wohl aufnehmen würde.

»Na ja, da war dieses Mädchen, weißt du … Da es noch nicht spät war, wollte ich in meinem Motel noch auf einen Drink an die Bar, die zufälligerweise eine Stripbar war. Dort tanzten gerade zwei Mädchen miteinander. Sie waren beide sehr schön, vor allem aber die Blonde. Sie haben mich ziemlich scharf gemacht, weißt du.«

»Ja, kann ich mir schon denken! Und dann hast du mit ihnen die Nacht verbracht?«

»Aber nein! Nur mit einer von ihnen, der Blonden eben. Cynthia. Die ganze Nacht über musste ich daran denken, wie sie sich an dem Körper ihrer Freundin gerieben hatte. Wie sie beide ihre wunderbaren Brüste aneinandergepresst und ihre Zungen und ihre langen Haare miteinander verknotet hatten. Wie ihre wendigen Hände über ihre seidige Haut geglitten waren. Wie die Rothaarige den Hintern der Blonden gepackt hatte. Wie die geschmeidigen Finger der einen die Taille der anderen, ihre Schultern, ihre Brüste betastet hatten. Ich stellte sie mir im Bett vor, wie sie sich zwischen seidenen Laken gegenseitig lecken würden. Und wie sie mit ihren langen Fingern und mit Dildos in den verschiedensten Größen und Formen ineinander eindringen würden. Und ich stellte mir vor, wie du auf einmal dazu stoßen und dich ihren schmutzigen Spielchen anschließen würdest.«

»Ich? Du weißt genau, dass ich noch nie im Leben eine Frau geküsst habe! Wobei, man kann ja nie wissen … Dann werde ich dich wohl beim nächsten Mal begleiten müssen. Zwar bin ich mir ziemlich sicher, dass mir Männer am Ende lieber sind, aber gegen ein kleines Experiment hätte ich nichts einzuwenden. Das wäre ein Abenteuer mehr!

Vielleicht kannst du eine von beiden ja mal hierher einladen?«

»Gut, aber nur wenn du mir versprichst, noch einmal Richard einzuladen … und Karl.«

»Ach, ich glaube, Sebi wäre mir lieber.«

Sein Schwanz machte einen kleinen Satz. Er schien plötzlich noch tiefer in mich eindringen. Ich fuhr also fort:

»Ja, denn er ist viel gefügiger als Richard und viel beherrschter. Mit ihm wäre es weniger hektisch! Wenn wir miteinander vögeln, wie zum Beispiel vorgestern, dann ist es viel …«

»Vorgestern? Na, sag mal! Du hast ja wirklich nichts anbrennen lassen!«

»Na ja, er war gerade in der Nähe, also …«

»Ich verstehe: Eine solche Gelegenheit konntest du dir nicht entgehen lassen!«

»Auf keinen Fall. Und außerdem weißt du ja, wie sehr ich Sebi mag. Er hat diese ganz außergewöhnliche Art, es mir so richtig zu besorgen.«

»Die du bei mir übrigens nicht zulässt!«

»Weil deiner zu dick ist!«

»Und Karls? Ist der etwa nicht dick?«

»Doch! Aber das ist etwas ganz anderes … An jenem Abend hatte ich nicht die Kraft, ihm irgendetwas abzuschlagen! Aber um noch mal auf Sebastian zurückzukommen … Dessen Schwanz ist viel kleiner als deiner! Und wenn er ihn schön geschmiert hat, ist es die reinste Lust! Übrigens, da fällt mir ein … Vielleicht wäre es ja ganz interessant, einmal Sebi zusammen mit Karl *und* einer anderen Frau einzuladen. Was hältst du von der Idee?«

Diese Vorstellung schien meinem Geliebten zu gefallen, denn er drang so tief in mich ein wie noch nie. Dann drehte er mich entschlossen um und stieß ohne Vorwarnung in meinen seidigen Schoß, während sich ein neugieriger Finger in eine andere Öffnung bohrte und mir dabei lust- und schmerzerfüllte Schreie entlockte. Unsanft packte Hugo meine Hüften, und endlich spürte ich, wie sich sein Schwanz bis zum Äußersten aufbäumte. Kurz darauf ergoss sich der Strahl seiner Lust über meinen Hintern, und im selben Augenblick wurde mein eigener Leib von einem überwältigenden Beben erfasst.

… Was die Fantasie nicht alles vermag …

Neue Liebe, neues Glück

Sie hatten gewonnen. Schließlich hatten mich meine Lieben doch dazu gebracht, dieses Haus, in dem ich so glücklich gewesen war, zu verlassen. »Es wird Zeit, dass du nach vorn schaust und das Vergangene hinter dir lässt«, hatten sie immer wieder zu mir gesagt. Seitdem Jean-Michel nicht mehr da war, um genau zu sein. Hartnäckig hatte ich immer wieder behauptet, ich wolle hierbleiben, umgeben von meinen Erinnerungen, und nicht alle meine Gewohnheiten, meine Umgebung und meinen Lebensraum überstürzt aufgeben. Doch allmählich hatte ich mich selbst mit dem Gedanken angefreundet fortzugehen. In den zwei Jahren, die ich nun allein gelebt hatte, war es mir immer schwerer gefallen, mich um das Haus zu kümmern. Früher hatte Jean-Michel das alles besorgt. Ich beschränkte mich darauf, unser Heim angenehm, hübsch und behaglich zu gestalten. Das hatte mir gereicht.

Meine Schwester fand die ideale Wohnung für mich. Ich musste sie mir nur noch anschauen, einige Papiere unterschreiben und fertig. Meine Brüder kümmerten sich um den Rest, und ich war ihnen dafür überaus dankbar. Ich fragte mich, was wohl Jean-Michel davon gehalten hätte?

Zwei Jahre waren es nun schon! Vor zwei Jahren war er von mir gegangen. Eine schwere Krankheit hatte ihn innerhalb weniger Monate dahingerafft, zu früh, viel zu früh, um mich an den Gedanken seines Todes zu gewöhnen. Manchmal fühlte ich mich furchtbar allein. Gleichzeitig sah ich es als Glück an, dass wir keine Kinder hatten. Sie eine solche Tragödie erleiden zu sehen und sie trösten zu müssen wäre über meine Kräfte gegangen. Ich hatte schon genug mit meiner eigenen Trauer zu kämpfen. Und während dieser ganzen Zeit musste ich mir die wohlmeinenden, aber nervenden Ratschläge meiner Familie anhören, die mir ans Herz legte, mein Leben wieder zu genießen, zu reisen, auszugehen. Um endlich meine Ruhe zu haben, gab ich ihrem Drängen irgendwann nach.

Mit etwas Abstand muss ich inzwischen zugeben, dass sie mit ihrer Hartnäckigkeit Recht hatten. Denn seit dem Schock über den Verlust des Mannes, mit dem ich noch so viel Gemeinsames unternehmen wollte, hatte ich mich nur noch gehen lassen und mich in eine Isolation begeben, die allmählich ungesund wurde. Ich blieb nur noch in meinen vier Wänden, ging keiner Aktivität und keinem Hobby mehr nach. Ich weigerte mich, neue Kontakte zu knüpfen, und vernachlässigte sogar die alten. Ich zog mich immer weiter zurück, verlor jeden Kontakt zur Außenwelt und fand mich, so gut es ging, mit meinem Dauerleid ab. Ich sagte mir, dass es so am Besten wäre. Doch eines Morgens, als ich wieder einmal vergessen hatte, den Müll an die Straße zu stellen und die Garage inzwischen eine einzige Mülldeponie war, machte es »klick«. So plötzlich und mit demselben Effekt wie das Fingerschnippen, das einen Hypnotisierten aus seinem geheimnisvollen Schlaf erweckt. Als würde sich mit einem Mal ein dichter Nebel um mich herum lichten, fragte ich mich: »Was tue ich hier eigentlich? Warum vergeude ich die schönen Jahre und jammere über das, was ich nicht mehr habe, während da draußen so viele wunderbare Dinge nur darauf warten, von mir entdeckt zu werden? Worauf warte ich eigentlich noch, um endlich wieder durchzuatmen?« Sicher, ich vermisste Jean-Michel noch immer, und es gab kein Mittel dagegen. Doch ich war immer noch eine Frau und verspürte mit einem Mal das dringende Bedürfnis, aus dieser Erstarrung auszubrechen und mir mein Leben wie auch meine Weiblichkeit zurückzuerobern. Wie ein Blinder, der plötzlich sehen kann, wollte ich alles um mich herum entdecken und staunte über das Licht, in das die Menschen, die Dinge, das ganze Leben getaucht waren. Es war einfach wunderbar!

Ja, die Wohnung gefiel mir. Sie hatte für mich nun auch eine symbolische Bedeutung und versinnbildlichte mein neues Ich. Da ich all die Gegenstände, die Jean-Michel und ich über die Jahre angehäuft hatten, unmöglich darin unterbringen konnte, nahm ich nur das Wichtigste mit. Es war besser so und viel günstiger für einen Neuanfang.

Von meinem Zustand sozialer Verkümmerung hin zu meiner Wiedergeburt war es dann nur noch ein klitzekleiner Schritt, den ich frisch und froh wagte. Nun wollte ich alles über meine Nachbarn erfahren und die Menschen, die so nah und doch fern von mir lebten, kennen lernen. Was waren ihre Leidenschaften? Was taten sie? Hatten wir gemeinsame Hobbys? Wovon träumten sie? Ich berauschte mich an dieser Fülle neuer Empfindungen und der Wiederentdeckung vieler kleiner Freuden. Zur gleichen Zeit stellte ich fest, dass auch mein Körper wieder erwachte und seine viel zu lange verborgenen Bedürfnisse und Sehnsüchte kundtat. Der Auslöser für diese sinnliche Seite meiner Wiederbelebung war David Labelle, der bezaubernde Junggeselle aus dem obersten Stockwerk.

Zu unserer ersten Begegnung kam es im Lauf der Wochen nach meinem Umzug. Ein einziger Händedruck dieses anziehenden Mannes genügte, um die süßesten Gefühle in mir auszulösen. Verlockung, Vorfreude, Hoffnung – die vielleicht vergeblich war –, offenkundiges beiderseitiges Interesse … Schließlich wurde mir klar, dass die Wunde, die Jean-Michels Verlust in mein Herz gerissen hatte, endgültig geheilt war. Und dass ich mich fürchterlich danach sehnte, den warmen Körper eines Mannes neben mir zu spüren. Seit der ersten Begegnung mit David im Fahrstuhl hatten sich überaus lüsterne Gedanken in meinem kleinen, vereinsamten Gehirn festgesetzt. Mein neues Ich nahm all das dankbar auf, als hätte es schon viel zu lange darauf gewartet. Mit einer Mischung aus kribbelnder Erregung und Melancholie öffnete ich den Karton, in dem ich meine feine Wäsche aufbewahrte, und befreite ein Negligé aus Satin aus dem Seidenpapier, in dem es schon seit einer Ewigkeit gefangen war. Ich zog es mir langsam an und strich mit den Händen behutsam den seidigen Stoff auf meiner Haut glatt. Es war ein wunderbares Gefühl. Ich ging hinaus auf die Terrasse und ließ mich beim Betrachten des Sonnenuntergangs von der leichten Brise streicheln. In meinen Gedanken tauchte das Bild von David Labelle auf. Unwillkürlich berührte meine Hand meine Brüste, fuhr zärtlich über meinen Bauch und verirrte sich schließlich zwischen meine nackten Beine. Dieses erste lustvolle Beben meines neuen Ichs, diese Gänsehaut, die ich mir so lange verwehrt hatte, erschütterte mich derart, dass ich reglos da draußen stand und mir auf die Lippen biss, um kein Aufsehen zu erregen. Doch zugleich fragte ich mich, ob mich wohl gerade jemand sah, wie ich mich mit solcher Lust dem Sommerwind hingab …

Nach einer fantastischen Nacht stand ich am nächsten Morgen früh auf. Ich erwartete eine Pflanzenlieferung und ging daher unverzüglich zur Tür, als es zum vereinbarten Zeitpunkt klingelte. Ich war entzückt von der Schönheit der Pflanzen und wusste sofort, dass sie meinem neuen Zuhause Leben und Wärme verleihen würden. Der Lieferant lächelte mich herzlich an und versicherte, dass es ein sonniger Tag würde. Nachdem er mich – voller Bewunderung? – angesehen hatte, fragte er, wo er die Ware abstellen solle. Ich zeigte auf verschiedene Stellen … Plötzlich schien die Zeit stehen zu bleiben, und meine Gedanken begannen zu schweifen.

»Was für weiße und wunderbar gerade Zähne, was für ein energisches und markantes Kinn!«, sagte ich zu mir. Er hatte das Kreuz eines Schwimmers oder Footballspielers, und die Jacke in den Firmenfarben wirkte fast zu eng für diese ausladenden Schultern. Seine Hände waren riesig und schienen die wunderbaren Pflanzen völlig mühelos zu tragen. Seine sonnengebräunte Haut stand in entzückendem Kontrast zu meinem eigenen Teint. »Es muss wundervoll sein, diese Hände auf den Schenkeln zu fühlen. Göttlich, diese Lippen auf meinem Mund, an meinem

Hals, auf meinen Brüsten zu spüren. Seinen Arm, der meine Taille umfasst, mich ganz fest drückt und mir den Atem nimmt … Wie gern würde ich diesen Körper nackt sehen! Er wirkt so kräftig und so geschmeidig zugleich …«

Was war nur los mit mir, dass ich von solchen Gedanken überwältigt wurde? Und was war das für ein dumpfes Pochen in meinem Leib, zwischen meinen Beinen? War es dieses tief verborgene Verlangen, das nun schmerzhaft und explosiv zum Ausbruch kam wie ein Vulkan, der durch nichts mehr zu halten war? Diese so skurrilen wie überraschenden Gedanken gipfelten in einer Frage, die in rot glühenden Großbuchstaben vor meinem inneren Auge aufflackerte: »Würde es mir gelingen, diesen Mann in mein Bett zu locken?«

Schon im nächsten Augenblick schämte ich mich. Dann musste ich mir schmunzelnd eingestehen, dass ich weder den Mut noch die Dreistigkeit besäße, diesem Fremden meine Verfügbarkeit zu demonstrieren. Geschweige denn, ihn zu verführen. Dennoch, so sagte ich mir, wäre am Ende vielleicht gerade so eine Geschichte ohne Zukunft, ohne falsche Erwartungen und ohne Konsequenzen die beste Art, das Eis zu brechen. Der unkomplizierteste Weg, mir meinen Körper und die Lust, die er für mich bereithielt, wieder zurückzuerobern. Ich beschloss, mir die Sache noch ein wenig durch den Kopf gehen zu lassen. Dann riss mich der junge Lieferant aus meinen Tagträumereien:

»Die Azalee fehlt noch. Ich werde versuchen, sie Ihnen noch heute zu bringen. Falls das nicht klappt, komme ich morgen früh.«

Er überschlug sich vor Entschuldigungen, wünschte mir

noch einen schönen Tag und verabschiedete sich mit einem strahlenden Lächeln.

Ich fühlte mich ausgeruht und in bester Form und beschloss daher, ein bisschen spazieren zu gehen, um die Nachbarschaft zu erkunden und am Ufer des Flusses die Seele baumeln zu lassen.

Die Luft war frisch und mild. Eine warme, tiefe Stimme, die meinen Namen rief, riss mich plötzlich aus meinen Gedanken:

»Louise Bérubé, habe ich Recht?«

Ich erschrak, wandte mich um: Vor mir stand der schöne David Labelle.

»Äh, ja, das ist richtig …«

»David Labelle. Sie erinnern sich doch hoffentlich noch?«

Ich erwiderte, dass ich mich natürlich an ihn erinnerte, ohne mir jedoch allzu viel von meiner unbändigen Freude anmerken zu lassen. Gelegenheiten gäbe es ja noch genug. Ich versuchte krampfhaft, den wollüstigen Glanz in meinen Augen vor ihm zu verbergen. Er war wirklich ein ausnehmend schöner Mann. Und er sah in seinem leichten Leinenanzug sehr elegant aus. Er hatte eine tadellose Frisur, war von imposanter Statur und duftete nach einem edlen Aftershave oder Eau de Toilette. Seine wunderbaren braunen Augen funkelten, als er mich anlächelte.

Ich lud ihn ein, mich zu begleiten, und schon bald begann er, mir die zahlreichen Vorzüge und Annehmlichkeiten des Viertels anzupreisen. Besonders die Kunstgalerien und die italienischen Restaurants hatten es ihm angetan. Dann erfuhr ich, dass er schon seit mehreren Jahren allein lebte und vor einem Jahr in dieses Haus gezogen war. Es dauerte nicht lange, und wir schwatzten miteinander wie zwei alte Bekannte. Er war sehr kultiviert, hatte ein Faible für Architektur und wusste über dieses Thema kenntnisreich und eloquent Auskunft zu geben. Auf diese Weise verging der Nachmittag wie im Flug, und zu guter Letzt lud mich David, im Fahrstuhl, für den nächsten Abend in seine Lieblingstrattoria zum Essen ein. Voller Freude nahm ich die Einladung an.

An Schlafen war nicht zu denken. Ich war aufgeregt wie ein Teeny vor dem ersten Rendezvous. Was sollte ich an besagtem Abend bloß anziehen? Mein Gott, wie er mir gefiel! Und allem Anschein nach gefiel auch ich ihm. So hatte ich mich schon seit Ewigkeiten nicht mehr gefühlt! Ich konnte mich nicht erinnern, ob auch Jean-Michel je eine solche Wirkung auf mich gehabt hatte. David war intelligent, kultiviert und eine überaus angenehme Gesellschaft! Was mich vor allem an ihm reizte, waren allerdings nicht in erster Linie seine intellektuellen Fähigkeiten. Ich stellte mir immerzu vor, wie sich sein kräftiger Körper an mich pressen, wie seine vollen Lippen auf meiner erregten Haut umherwandern würden. Vor meinem inneren Auge zeichnete sich eine unerschöpfliche Vielfalt gemeinsamer Möglichkeiten ab. Meine Familie würde sich ziemlich wundern!

An jenem Abend träumte ich noch eine Weile von seinen Schultern und fragte mich, was wohl mit mir geschähe, wenn seine sonnengegerbte Haut die meine berühren und seine Arme mich leidenschaftlich umarmen würden. Irgendwann schlief ich ein. Mein Unterbewusstsein musste voll sein von diesen Bildern, denn ich hatte einen Traum, der so irritierend war wie schon seit Ewigkeiten keiner mehr.

Sein unbekümmertes Lächeln; seine schönen Augen, die mich ansehen; seine Hände, die über meinen Körper wandern, sich dreist unter meine Kleider schleichen und sie mir schließlich ganz ausziehen. Ein Gleiten durch die Satinbettwäsche. Seine Zunge, die sich um die meine windet, die an meinem Nacken leckt, an meinem Hals, an meiner Brust. Meine Haut erzittert, meine Brüste werden fester. Seine Finger spielen an meiner Taille, auf meinem Bauch, zwischen meinen Beinen … Er ist ganz ruhig, andächtig, sanft. Er will nichts überstürzen. Sein hartes Glied reibt an meinen Hüften, drückt an meinen Bauch. Endlich gleitet es näher heran, öffnet und erkundet mich …

Ich strecke mich auf seinem Körper aus, unsere Blicke verschmelzen miteinander. Ich schmiege mich an ihn. Wiege mich auf ihm. Empfange ihn. Sauge ihn ein. Verschmelze mit ihm. Er füllt mich aus. Erfüllt mich ganz. Wir schaukeln, wir reiten auf einer Welle der Lust. Unverhoffter, unvorhergesehener Lust. Seine klugen Hände erforschen jeden Zentimeter meines Körpers, verursachen mir eine Gänsehaut und köstliche Schauer. Was für eine Verzückung! Ich wanke. Ich tropfe. Ich ertrinke in meiner Lust. Er in der seinen. Unmerklich wird das Tempo schneller, die Ekstase heftiger. Wir reiben uns immer stärker und erschauern. Dann werden unsere Körper von einem gewaltigen Sturm erfasst. Eine Welle kommt über uns, überflutet uns, begräbt uns. Und plötzlich bin ich selbst diese Welle. Ich rolle und rolle und rolle … Und ich schwelle an, breche mich, zerfalle in Tausende von Tröpfchen.

Schweißgebadet und mit zitternden Knien wache ich auf. Hatte ich wirklich einen Orgasmus erlebt, oder war es nur ein Traum? Die Krämpfe, die noch immer meinen Unterleib schüttelten, zeugten davon, dass zumindest dieser Teil meines Traums in seinen Auswirkungen sehr real war. Was geschah nur mit mir? Ich erkannte mich, das heißt die, die ich geworden war, einfach nicht wieder. Und das war gut so!

Ich schlief noch, als die Klingel dröhnte. Schlagartig fiel mir die Azalee wieder ein. Ich drückte auf den Eingangstüröffner, und wenige Augenblicke später klopfte der Liefermann an meine Wohnungstür. Ich hatte immer noch weiche Knie von meinen nächtlichen Träumereien und merkte erst an der Tür, dass ich nichts als mein winziges Negligé anhatte. Vor mir stand derselbe verführerische Lieferant wie am Tag zuvor und musterte mich eingehend. Ich wusste nicht genau, ob mich das ärgern oder freuen sollte. Seine Schüchternheit gewann schließlich die Oberhand, und während er die Pflanze hereintrug, stürzte ich mich auf meinen Bademantel. Wie musste ich bloß auf ihn wirken! Blitzte da tatsächlich ein Funken Begierde in seinen Augen auf, oder sah ich wieder einmal nur, was ich sehen wollte? Ich entschied mich dafür, dass alles ganz real war, fühlte mich aber gleichzeitig von all den plötzlich auftauchenden Perspektiven, all dieser sich mir offenbarenden Sinnlichkeit ein wenig überfordert. Sollte ich es wagen, die Situation auszunutzen und mir ein kleines Abenteuer zu gönnen? Könnte ich diesen Schritt tun und mich, dieses eine Mal, zu einer echten Verrücktheit hinreißen lassen, die ich für den Rest meiner Tage nicht mehr vergessen würde? Vielleicht musste ich am Ende nur meinen Bademantel fallen und die schmalen Träger meines Negligés etwas verrutschen lassen, um eindeutig mein Interesse zu bekunden. Falls die Zeit knapp wurde, könnte ich mich vielleicht für später, nach seiner Arbeit, mit ihm verabreden. Nein, das Warten würde zweifellos mein bisschen Mut völlig aufzehren. In meinem Kopf indessen …

Ich ließ meinen Bademantel auf den Boden fallen. Der seidige Stoff, der nur schwach meinen Körper verhüllte, glitt über meine zitternde Haut. Ich kannte den Namen dieses Mannes nicht, wusste nichts über ihn. War er verheiratet? Ein Familienvater? Hatte er eine Geliebte? Kam er des Öfteren in die Situation, einsamen Kundinnen diese Art von Dienst zu erweisen? Nichts von alledem war wirklich wichtig. Was zählte, waren allein die Eindringlichkeit seines Blickes, die Fiebrigkeit, mit der mich seine Hände hektisch, fast grob, betasteten. Er musste sich beeilen … Mit einer unsanften Bewegung drehte er mich um, hob meine Arme hoch und legte meine Hände vor mir an die Wand. Dann knöpfte er seine Hose auf, befeuchtete einen Finger mit Speichel und versenkte ihn zwischen meinen Beinen. Er konnte fühlen, wie erregt ich bereits war. Ich zitterte am ganzen Leib und spreizte weit meine Beine. Ich spürte, wie er sich über mich beugte und wie sein Glied sich einen Weg zu meiner bebenden Scham bahnte. Endlich ergriff es von mir Besitz. Der Schmerz war heftig, denn es war riesig. Seine Hände kneteten meine Brüste und meinen Bauch, sein Schwanz pflügte mich durch und stieß immer tiefer, immer fester in mich hinein. Ich war ihm völlig ausgeliefert und spürte mit einem Mal, dass diese Situation etwas Schmutziges hatte. Doch es war so gut, so impulsiv, so unüberlegt, so unehrenhaft ... und so unvorsichtig! Ich ließ mich von dem Rhythmus seiner Stöße wiegen und konzentrierte mich ausschließlich auf meine Lust, auf die Reaktion meines Körpers, der wie ausgehungert nach solchen Berührungen war. Meine Haut, mein Geschlecht, mein ganzer Körper verlangten danach, so gezüchtigt zu werden, da das die einzige Möglichkeit zu sein schien, über die schreckliche Einsamkeit hinwegzukommen. In diesem ganz bestimmten Augenblick meines Daseins wollte ich keine Zärtlichkeit oder Liebe. Mit Sanftheit und Mitgefühl kam ich hier nicht weiter. Alles, was ich wollte, war, mich einem rohen, unverfälschten Verlangen hinzugeben und diesen körperlichen Schmerz, diese gefahrvolle Erregung zu spüren.

Und genau das ließ mir in dieser mir noch so fremden Wohnung mein Unbekannter zuteilwerden. Er nahm mich mit Gewalt, mit drängender Eile, und tat mit meinem Körper, wie ihm beliebte. Als ich spürte, wie sein Daumen in den anderen geheimen Winkel meines Körpers drang, hätte ich kaum gedacht, dass auf diesen unbekannten Druck eine so intensive Welle der Lust, ein so unerträgliches und köstliches Gefühl folgen würde, das mich fast zum Explodieren brachte. Ich presste meine Stirn gegen die Wand und erlaubte meiner Hand, den vorderen Teil meines Geschlechts zu streicheln und meine viel zu lange vernachlässigte Klitoris zu reiben. In genau diesem Augenblick entlud sich in mir ein explosionsartiger Orgasmus, jagte seine Schockwellen meine Wirbelsäule entlang und erschütterte meine Beine bis hin zu den Zehen und meine Arme bis in die Nägel meiner taub gewordenen

Finger. Und er, der Unbekannte, beschleunigte sein Tempo immer mehr, erreichte einen kaum noch auszuhaltenden Rhythmus, um sich dann aus mir zurückzuziehen und meinen Po und meine Beine mit seinem kochenden Samen zu besprengen.

Er lehnte sich einen Moment lang an mich, um nach Luft zu schnappen. Dann steckte er seinen Schwanz ein, streichelte meinen Hintern, hauchte sanft auf meinen Nacken und verließ mich. Ich blieb allein zurück. An die Wand gelehnt, rutschte ich langsam zu Boden, wo ich erschöpft und überglücklich einschlief und mein Herz zur Ruhe kommen ließ.

Seit dem Aperitif, den wir auf der kleinen Terrasse eines italienischen Cafés genossen hatten, war Davids Hand nicht mehr von mir gewichen. Bei jeder Gelegenheit ließ er seine Finger wie zufällig meine Hüften oder meine Taille streifen, legte er sanft die Hand auf meine Schulter oder streichelte mir übers Haar. Wir aßen exquisite Tagliatelle und sahen uns dabei unverwandt an. Doch erst nach dem Essen, zwischen zwei Straßenlaternen, küssten wir uns. Später im Fahrstuhl machte ich keine Anstalten, auf den Knopf für meine Etage zu drücken, und überließ es David, uns zu ihm zu führen.

Unsere erste Liebesnacht war fast wie mein Traum vom Vortag, nur viel sanfter und sinnlicher. Sie war voller Raffinesse, Harmonie und Leidenschaft, die mal beherrscht, mal völlig entfesselt sein konnten. Lange, geduldige Streicheleinheiten, andächtige gegenseitige Erkundungen, sinnliche Entdeckungsreisen auf unseren nach Zärtlichkeiten dürstenden Leibern. Davids Körper schien perfekt mit dem meinen zu harmonieren. Die Art, wie er mich liebkoste, mich berührte, ließ mich vor Lust schnurren wie eine Katze. Ach, ich hätte mir gewünscht, dass er ungestümer wäre, mich grober nehmen, mich seinem Willen unterwerfen und mich ein klitzekleines bisschen züchtigen würde! Doch das würde schon noch kommen, da war ich mir sicher. Ich wollte schon dafür sorgen, dass er meine Vorlieben und ich die seinen kennen lernte. Wir hatten alle Zeit der Welt. Und seine zuvorkommende Zärtlichkeit hatte für mich so viele Reize, dass es eine helle Freude war.

Unsere Beziehung entwickelte sich. Die Tatsache, dass David mehrere Jahre jünger war als ich, hatte mich zu Anfang etwas verunsichert. Doch nach einiger Überlegung sagte ich mir, dass sich schließlich auch niemand daran stört, wenn ein älterer Mann sich ein junges Mädchen sucht. Warum sollte es also anders sein, wenn eine Frau ihr Leben mit einem jüngeren Mann teilt? Der Altersunterschied hatte zudem eine Menge Vorteile, denn ich musste ja in Sachen Lust meine verlorenen Jahre wieder wettmachen. Ein jüngerer Mann besaß dafür einfach mehr Feuer. Perfekt!

Meine Schwester fiel glatt in Ohnmacht. Dabei hatte sie sich doch die ganze Zeit gewünscht, dass ich mich endlich wieder amüsierte und mein Leben genoss! Weder sie noch sonst irgendjemand aus meiner Familie hatte übrigens je gedacht, dass ich so weit gehen würde. Tja, sie werden sich wohl damit abfinden müssen. David und ich schauen einfach, wohin die Reise mit uns gehen kann. Wir genießen jeden einzelnen Tag, jede einzelne Stunde. Ganz egal, wie alt jeder von uns beiden ist! Sollen die Nachbarn sich ruhig das Maul zerreißen und die Klatschtanten klatschen! Denn zu meiner großen Freude hatte mir David einen Verlobungsring geschenkt. Ich war gerührt und absolut hingerissen. Ich, die ich vor wenigen Monaten noch in völliger Zurückgezogenheit und wie eine Einsiedlerin gelebt hatte und nie auf den Gedanken gekommen wäre, so bald schon einem solchen Glück zu begegnen …

Ich habe den idealen Anlass gefunden, meiner Familie das freudige Ereignis kundzutun: Ich lade sie zu Davids Geburtstagsfeier ein und nehme mir viel Zeit für die Vorbereitung. Ich bin es mir schuldig, an jenem Abend ganz besonders hinreißend auszusehen, denn ich weiß, dass man mir den Platz an der Seite dieses so begehrten Junggesellen neiden wird. Ja, man wird sich das Maul zerreißen! Schließlich erleben es die Bewohner eines Altersheims nicht alle Tage, dass es gleichzeitig eine neue Verbindung und den fünfundsechzigsten Geburtstag eines der ihren zu feiern gibt. Ich bin also fest entschlossen, neben meinem Bräutigam eine gute Figur zu machen!

Wiedersehensfreude

Sieben Stunden noch. Nur noch sieben kleine Stunden, die mir allerdings wie eine Ewigkeit vorkommen, bevor ich sie endlich wieder in die Arme schließen kann. Sie fehlt mir so! Es ist mir wichtig, ihr zu zeigen, wie sehr ich sie liebe. Das fällt mir übrigens nicht besonders schwer. Ich weiß ja, was für ein Glück ich habe, welches Privileg es ist, sie lieben zu dürfen. Außerdem habe ich es ihr im Laufe der Jahre immer wieder, so gut ich konnte, gedankt. Trotzdem ahnt sie wahrscheinlich gar nicht, wie sehr ich mich danach verzehre, sie endlich wiederzusehen, sie zu berühren. Dass ich die wenigen Stunden, die mich von ihr trennen, nur mit größter Mühe über die Runden bringe. Immer wieder schweifen meine Gedanken zu ihr. Ich denke nur noch an sie, an ihren Duft, ihre zarte Haut. An die Art, ihr hübsches sommersprossiges Näschen zu rümpfen oder sich beim Nachdenken auf die Lippen zu beißen. An diesen zärtlichen Blick, bei dem sie den Kopf zur Seite neigt, wenn sie an Sex denkt. Wenn man bedenkt, dass ich doch schon bald, in genau vierhundertzwanzig Minuten oder fünfundzwanzigtausendzweihundert Sekunden – eine Ewigkeit, eine Qual – mein Gesicht in ihrem unglaublich weichen Haar vergraben, ihren Hals und ihre Ohren küssen und meine Hand unter ihre Bluse schieben kann …

Schmücken ihre Ohren immer noch die Perlen, die ich ihr zu Weihnachten geschenkt habe? Oder die Goldkreolen, die wir an einem Strand in Jamaika zusammen ausgesucht haben? Fällt ihre prächtige mahagonifarbene Mähne offen auf ihre Schultern, oder ist sie zu einem hinreißenden Knoten zusammengebunden, dem nur ein paar verführerische Locken entkommen? Ich erinnere mich noch genau an das letzte Mal, dass ich sie sah, insbesondere an den kurzen Moment, in dem die Sonne hinter einer Wolke hervorgekommen ist und sie in ihr strahlendes Licht gehüllt hat. Sie sah hinreißend aus in ihrem hellen Satinkostüm, das ihre braun gebrannte Haut und ihre langen Beine in den einfachen Sandalen wunderschön zur Geltung brachte. Dieser Augenblick erscheint mir fern und nah zugleich. Leuchtet in ihren Augen immer noch ein Funke dieses Verlangens, das sie für mich empfunden hat? Wie wird sie mich nachher empfangen? Wie sehr ich es doch bedauere, dass ich sie in diesem magischen Moment nicht wieder nackt ausgezogen habe, um es in der Morgensonne, zwischen den Resten des Frühstücks noch einmal mit ihr zu tun! Oder sie zu einem kleinen Bad im Pool zu überreden, wo ich sie dann so richtig verwöhnt hätte. Ich will meine Versäumnisse nicht länger bedauern. Wenn ich sie endlich wiedersehe, werde ich Abbitte leisten.

Nur noch vier Stunden. Die Minuten vergehen unendlich langsam, und mein Verlangen nach ihr wächst in einem Maß, dass es kaum noch auszuhalten ist. Ich habe schon seit einer ganzen Weile einen Ständer und werde meinen Zustand vor den Kollegen schwer geheim halten können.

Glücklicherweise kann ich hier ungestört an meinem riesigen Schreibtisch sitzen und mit meinen Gedanken schon bei unserem Wiedersehen heute Abend sein. Sie hat mir einen herzlichen Empfang in Aussicht gestellt und von einem italienischen Essen gesprochen, das sie in gewohnt erlesener Qualität kochen wird. Ehrlich gesagt, ist mir das Essen ziemlich egal. Sie ist es, sie und ihr Körper, auf die ich Appetit habe, die ich vernaschen will.

Sie fehlt mir so sehr, dass es mir später schwerfallen wird, sie nicht gewaltsam in meine Arme zu reißen, um sie von diesem Essen wegzulocken, das nur eine unnötige Verzögerung darstellt. Viel lieber würde ich ihr mit kaum zu unterdrückender Ungeduld Stück für Stück die Kleider ausziehen und mich an ihrem prächtigen Körper berauschen, den sie selbst für unvollkommen hält. Ich werde ihre kleinen Brüste streicheln, sie küssen, sie ablecken und spüren, wie sie unter meiner Zunge hart werden. Meine Hände können gar nicht genug von ihr bekommen, erkunden jeden Zentimeter ihrer Haut, entzücken sich an jeder Rundung. Wenn sie dann endlich für mich bereit ist, kann ich ihr nicht länger widerstehen! Ich reibe meinen harten Schwanz an ihrem Bauch und versenke ihn in ihren seidigen Schoß. Ihre Möse ist weich, schmeichelnd, einladend. Ich gleite hinein, stoße hinein, verliere mich darin. Wir sind im Wohnzimmer, auf dem Sofa … oder in der Küche, wo der majestätische Esstisch unseren entfesselten Körpern als Spielwiese dient. Sie seufzt laut, lässt mich das Ausmaß ihrer Lust wissen. Meine Finger suchen behutsam diese klitzekleine empfindliche Knospe, die sie bei einer bestimmten Berührung jedes Mal in einen Lustrausch versetzt. Ich finde sie, betaste sie, rolle sie zwischen meinen Fingerspitzen. Dann nimmt sich mein Mund ihrer an und behandelt sie wie einen kleinen Schatz, während meine Hand das Vergnügen hat, sich in ihre heiße Spalte zu schlängeln, dieses mollig weiche Schlupfloch zu erkunden, es zu kitzeln und zu erobern. Meine Lippen küssen dieses seidige Wunder sanft, saugen und lutschen an ihm, und der köstliche Saft ihr Lust tropft in meinen Mund.

Dann packt sie mich bei den Haaren, zieht mein Gesicht zu ihrem und küsst mich gierig, um ihre eigene Lust auf meinen Lippen und meiner Zunge zu schmecken. Sie wird die Beine noch weiter spreizen und mich anflehen, sie endlich meinen harten Schwanz spüren zu lassen. Während sie meinen Hals umklammert, wiegen wir uns beide im selben Rhythmus. Schließlich werden wir von einer Welle erfasst, die uns emporhebt, durchschüttelt und herumwirbelt. Und unsere übereinander- und ineinandergleitenden Körper überfluten sich gegenseitig mit ihrer Lust.

Nur noch zwei Stunden dauert meine Qual. Ich kann mich einfach nicht daran gewöhnen, von ihr getrennt zu sein. Mein Umfeld wundert sich darüber und findet es seltsam, dass ich auch nach so vielen Jahren immer noch so verliebt in diese Frau bin. Diese Frau … Eigentlich ist sie schon so etwas wie meine zweite Hälfte. Sie hat mir geholfen, der Mann zu werden, der ich jetzt bin. Ohne sie wäre ich nichts, jedenfalls so gut wie nichts. Es stimmt, ich bin übertrieben romantisch und hoffnungslos sentimental. Doch ich kann nicht anders. Sie ist es, die in mir solche unbeschreiblichen Gefühle auslöst …

Bei unserer ersten Begegnung hat sie mich in ihren Bann gezogen. Ihre dunkle Stimme, ihr messerscharfer Verstand, ihre manchmal lustigen, manchmal spitzen Bemerkungen ... Aber vor allem ihre Stimme. Wir trafen uns in einer Clique von Freunden, von der einige Mitglieder schon ein Paar waren und fanden, dass auch wir beide füreinander geschaffen wären. Wie Recht sie doch hatten! Den ganzen ersten Abend über hatte ich nur Augen für sie, nur Ohren für ihre Stimme, sie hatte mich längst erobert. Wenn sie mir Liebesworte ins Ohr flüstert, ob zärtliche oder vulgäre, dann schmelze ich dahin. Und mein Schwanz steht sofort Gewehr bei Fuß. Und heute Abend? Was wird sie wohl heute Abend zu mir sagen? Mit welchen Worten wird sie meine Ungeduld zügeln und zugleich mein bereits loderndes Verlangen weiter anfachen? Was wird sie wohl Sanftes und Prickelndes murmeln, das meinen Schwanz zum Tanzen und mein Herz zum Überborden bringt?

Endlich bin ich frei. Frei, zu der zu eilen, die mein Herz schneller schlagen, es sich überschlagen lässt. Was für ein Wunder, dass es mir wieder einmal gelungen ist, meine Arbeit zu erledigen, alle möglichen Probleme zu lösen und diverse Gespräche zu führen, während ich mit meinen Gedanken doch in jedem Augenblick bei ihr war. Unbewusste Persönlichkeitsspaltung oder meisterhaftes Können? Wie es der Mensch nur immer schafft, sich zu teilen, Dinge gleichzeitig zu tun, ohne größeren Schaden anzurichten! Doch das ist nun alles völlig ohne Bedeutung, denn ich bin längst auf dem Heimweg und nur noch wenige, klitzekleine Minuten von ihr entfernt.

Ich komme nach Hause; sie ist schon da. Ich steige, ja springe fast aus dem Wagen und eile zur Eingangstür. Sie ist in der Küche und bereitet Lasagne zu. Ich umschlinge sie stürmisch von hinten, küsse ihren Hals, genau dort, wo die rührende kleine Ader pocht. Sie trägt das helle Kostüm, das ich so mag. An ihren Ohren glänzen die goldenen Ringe. Sie bekommt eine Gänsehaut. Mein Schwanz, der während des langen Wartens alle nur erdenklichen Erregungsstufen durchlaufen hat, wird sofort hart. Stumm erteilt sie mir die Erlaubnis, ihre Brüste zu berühren, ihre Taille zu fassen, und lässt mich sogar ihren Rock etwas lüpfen, um an ihr Höschen heranzukommen. Doch vorerst vereitelt sie meine Pläne, löst sich von mir und wendet sich wieder dem Essen zu. Dann sieht sie mich mit ihren schönen nussbraunen Augen an und fragt mich mit einem leicht spöttischen Lächeln auf den Lippen:

»Du bist heute Morgen spät losgefahren. Bist du wenigstens noch pünktlich zur Arbeit gekommen?«

»Ja, ja, ich war rechtzeitig da. Ich hatte einfach keine Lust, mich zu beeilen … Du warst so wunderschön, und ich wusste, dass ich dich den ganzen Tag über nicht sehen würde!«

»War dein Tag denn gut?«

»Ja, sehr gut. Ich habe übrigens ein bisschen an dich gedacht …«

Für France und Melanie

Turbulenter Dreier

Eine interaktive Erzählung

An jenem Montag steuerten Anne, Maryse und Emilie etwa zur gleichen Zeit auf den Lift des Parkhauses zu. Die drei Frauen arbeiteten im selben Gebäude, kannten sich aber nicht wirklich und waren sich bisher höchstens zufällig über den Weg gelaufen. Der Mann war gerade damit beschäftigt, ein paar Kisten im Aufzug zu verstauen, als die drei Frauen ihn bemerkten. Anne, noch voller Wut über den x-ten Streit mit ihrem pubertierenden Sohn, der das Hockeytraining wieder einmal wichtiger als die Schule nahm, fiel zuerst sein attraktives Hinterteil ins Auge. Der Mann stand vornübergebeugt und schien das Gewicht der Kartons auf dem Wagen vor ihm abzuschätzen. »Der trägt entweder Boxershorts drunter oder gar nichts!«, fuhr ihr durch den Kopf. Ihr bewundernder Blick wanderte von dem knackigen Hintern hoch zu seinem Rücken, der sich eben aufrichtete, und dann zu den pechschwarzen Locken, die auf seine Schultern fielen. Es war ein wunderbarer Anblick. Lächelnd bot sie ihre Hilfe an.

»Danke, aber das ist viel zu schwer! Wenn Sie vielleicht einfach die Tür aufhalten könnten …«

Eine warme, tiefe Stimme, wie Anne sie mochte. Grüne Augen, strahlendes Lächeln. Auf einmal vergaß sie den morgendlichen Streit mit ihrem Sohn und die Eintönigkeit ihrer Ehe und gratulierte sich dazu, dass sie an jenem Tag ihr Morgenritual besonders gewissenhaft absolviert hatte: Jogging, leichtes Frühstück, Duschen, sorgfältiges Schminken. Sie sah blendend aus und freute sich an diesem Morgen noch mehr darüber als sonst. All die kleinen Opfer der letzten Jahre zahlten sich nun endlich aus. Während ihr Herz etwas schneller pochte, als es hätte sollen, stellte sie ihre Tasche ab, um ihm zu Hilfe zu kommen.

Doch bevor sie überhaupt aktiv werden konnte, blockierte bereits Maryse die Tür des Aufzugs. Das markante Kinn dieses Mannes, sein trotz des bitteren Winters sonnengebräunter Teint, der lange, kräftige Hals, der auf breiten Schultern thronte, und sein betörender Duft hatten es ihr sofort angetan. Dann fiel ihr auf, was für einen beklagenswerten Anblick sie dagegen bot: Sie hatte wieder einmal keine Zeit gehabt, sich ordentlich zu schminken, trug eine nicht gerade vorteilhafte Hose, und ihre Haare waren zu einem lieblosen Pferdeschwanz zusammengebunden. So empfand sie plötzlich Neid auf die andere Frau, die so freundlich ihre Hilfe angeboten hatte. Warum gelang es ihr nicht, mehr aus sich zu machen, ihre schönen Mandelaugen und ihr verschmitztes Lächeln mehr zur Geltung zu bringen? Statt als graues Mäuschen, dem niemand Beachtung schenkte, durch die Gegend zu laufen. Immer häufiger stellte sich Maryse diese Frage. Sie hatte in letzter Zeit zugenommen, und der unablässige Stress, dem sie von morgens bis abends ausgesetzt war, erschöpfte sie. Da war die Hektik am Morgen, damit ihre Tochter Sabrina gerade noch in letzter Sekunde den Schulbus erwischte, ihr anstrengender Arbeitstag, die anschließende Fahrt zum Hort, das Abendessen, die Hausaufgaben, das allabendliche Bad von Sabrina, und obendrein noch die Zubereitung der Pausenbrote des nächsten Tages. Und der ganze Rest … Sie war erschöpft, wenn sie abends ins Bett fiel, und erschöpft, wenn sie morgens wieder aufstand. An jenem Morgen konnte sie nicht umhin, sich einzugestehen, dass man ihr diese Müdigkeit ansah. Die unbeschwerten Zeiten, in denen sie dank ihrer Jugend ungeschminkt aus dem Haus gehen konnte, ohne sich im Fall einer netten Begegnung für ihr Aussehen schämen zu müssen, waren ein für alle Mal vorbei! Sie musterte erneut die andere Frau. Deren sicheres Auftreten und erste Falten an ihrem Hals verrieten, dass sie die vierzig vermutlich weit überschritten hatte. Doch die Frische ihres Gesichts und ihres Körpers machten locker zehn Jahre wett. Tatsächlich wirkte sie deutlich jünger als Maryse mit ihren eigenen vierunddreißig Jahren. Was für eine Klasse! Gepflegte Fingernägel, sorgfältig frisierte blonde Haare und edle Klamotten. Maryse seufzte und nahm sich vor, sich künftig ein wenig mehr Mühe mit sich zu geben.

In diesem Moment stieß Emilie zu ihnen. Hatte sie sich noch wenige Augenblicke zuvor gefragt, wie sie diesen Tag nur überstehen sollte – die Folgen ihres nächtlichen Exzesses trugen zu dem Verdruss, den ihr ihre Arbeit sowieso schon bereitete, noch ihren Teil bei –, so war sie nun schlagartig wieder fit. O wunderbare Jugend! Sie konnte die ganze Nacht über in ihrem Lieblingsclub die Hüften schwingen und anschließend ohne größere Probleme nach nur wenigen Stunden Schlaf bei der Arbeit erscheinen. An jenem Morgen verlieh ihr der Anblick dieses Unbekannten regelrecht Flügel. Der war aber auch süß! Emilies Blick verweilte bei den starken Armen des Mannes und seinen vollen, allem Anschein nach samtweichen Lippen. Er war so groß, dass Emilie, die auch nicht gerade klein war, sich richtig winzig neben ihm fühlte. Sein enger Pullover umschmeichelte einen muskulösen Oberkörper. Der Blick der jungen Frau wanderte weiter nach unten, zu seiner Taille, und dann zwischen seine Beine. Dort schien ein Organ von selbst im Ruhezustand beachtlicher Größe zu sitzen. Blitzschnell erwachte in Emilie der Jagdinstinkt. »Wie schön ist doch das Singleleben!«, sagte sie sich, wie immer, wenn sie den Reizen eines Fremden erlag. Erst recht eines Fremden von solchem Kaliber! Die beiden anderen Frauen da waren nun wirklich keine ernst zu nehmende Konkurrenz! Emilie unterdrückte ein sarkastisches Grinsen. Mit ihrer wilden roten Mähne, ihren langen, auf hohen Absätzen stolzierenden Beinen, ihrer Wespentaille und ihren kleinen, arroganten Brüsten war sich Emilie ihrer Reize hundertprozentig sicher. »Sie haben nicht die Spur einer Chance!«, dachte sie. Sie stellte ihre Tasche ab, schnappte sich den kleinsten der Kartons und bugsierte ihn in den Aufzug. Dann wandte sie sich zu dem Mann mit den ebenholzfarbenen Locken:

»Na, man zieht also ein? Ich glaube nicht, dass wir uns schon einmal begegnet sind, oder?«

Der Mann verstaute einen weiteren Karton, wischte sich die Stirn ab und antwortete mit einem Lächeln:

»Nein, wir sind uns noch nicht begegnet. Daran hätte ich mich erinnert! Und ja, man zieht ein. Heute ist die offizielle Eröffnung unserer Firma. Hier, bitte sehr!«

Er überreichte den drei begeisterten Frauen die Karte der Reprodruckerei, die sich neu in dem Gebäude niedergelassen hatte. Es wurden die verschiedensten Dienstleistungen angeboten, vom einfachen Kopieren bis hin zu aufwändigen Reproarbeiten, im Tag- und Nachtservice und in schneller und tadelloser Ausführung, wie es hieß.

»Es wurde aber auch Zeit, dass endlich mal jemand auf die Idee kommt, so ein Geschäft hier zu eröffnen!«, rief Emilie. Sie erklärte, dass sie immer stundenlang mit den Farbkopien für ihre Chefs beschäftigt sei. »Und das, wo wir gerade die Herausgabe eines neuen Firmenkatalogs planen!«, sagte sich Anne mit klopfendem Herzen. »Hätte ich nicht wenigstens ein bisschen Lippenstift auftragen können?«, seufzte Maryse stumm. Sie tröstete sich, indem sie an die vielen Gelegenheiten dachte, die sie später noch hätte, um sich dem Unbekannten von ihrer Schokoladenseite zu zeigen. Schließlich musste sie zufällig noch neue Visitenkarten und diverse Büroartikel für ihren Arbeitgeber bestellen …

Der junge Mann stieg im Erdgeschoss aus, und die drei Frauen gingen ihm jede auf ihre Weise beim Ausräumen zur Hand. Zum Schluss wünschten sie ihm noch alles Gute fürs Geschäft – zu dem sie ganz bestimmt einiges beitragen würden! Er bedankte sich und verabschiedete sich, wobei er jede der drei verzauberten Frauen mit seinen Jadeaugen eindringlich ansah:

»Vielen Dank für Ihre Hilfe und die guten Wünsche. Und schauen Sie ruhig mal vorbei! Schöne Frauen bekommen bei uns zehn Prozent Rabatt!«

Mit einem Lächeln auf den Lippen und glänzenden Augen ließen sie ihn bedauernd zurück und gingen hinüber zu den anderen Aufzügen, die sie in ihre jeweiligen Etagen bringen würden. Und wieder fanden sich alle drei in derselben Kabine wieder. Anne ergriff als Erste das Wort:

»Boxershorts oder gar nichts!«

»Was für ein wunderbarer Duft!«, setzte Maryse hinzu.

»Wow! Der Tag fängt gut an!«, schloss Emilie.

Und alle drei sahen sich mit einem verschwörerischen Lächeln an.

Verfolgen Sie das weitere Schicksal von Anne ab Seite 118, von Emilie ab Seite 123 oder von Maryse ab Seite 128.

Anne hatte den ganzen besagten Montag über nach einem Vorwand gesucht, um der neuen Firma im Erdgeschoss einen Besuch abzustatten. Der junge Mann, Alexandre Lambert, wie seine Karte verriet, hatte sie ziemlich durcheinandergebracht. Sicher, er sah hinreißend aus, doch es war nicht nur das. Das Wort »magisch« kam ihr in den Sinn, doch sie fand es viel zu schwach. Die Art, wie er sie, die »schöne Frau«, angesehen hatte, ließ sie annehmen, dass auch sie eine gewisse Wirkung auf ihn gehabt haben musste. Wie ihr das schmeichelte! Anne fand sich selber albern, dass sie sich über ein banales Kompliment, das vielleicht nur eine Floskel war, so sehr freuen konnte. Doch sie kam nicht dagegen an. Obendrein setzte die Tatsache, dass dieser junge Mann zumindest rein theoretisch ihr Sohn sein konnte, der Schmeichelei noch eins drauf. Wie auch immer, seine grünen Augen hatten sie mit einer solchen Intensität angesehen, dass sie zu ihrer größten Schande regelrecht vibriert hatte vor Verlangen. Einige wenige Augenblicke in der Gegenwart dieses Mannes hatten genügt, um viel zu lange schon verdrängte Empfindungen aus den entlegensten Winkeln ihres Körpers hervorzulocken und das schlummernde Tier in ihr zu wecken. Jenes Tier, das Laurent, ihr Ehemann und Vater ihres Sohnes, für immer aus ihr verschwunden glaubte. In fast zwanzig Jahren Ehe hatte sie keine so mächtige Erregung gespürt wie jetzt. Es ging sogar so weit, dass sie eine Panne ihres Kopierers vortäuschte, um bei Alexandre vorbeischauen zu können. Sie hatte sich unten in seinem Geschäft viel Zeit gelassen, immer wieder Fragen gestellt und den zu produzierenden Katalog erwähnt. Alexandre hatte ihr mehrere seiner Arbeiten für andere Firmen gezeigt, die sie kaum richtig betrachtet hatte, so sehr war sie von dem jungen Mann gefesselt. Als sie den kleinen Ladenraum wieder verließ, versuchte Anne sich zu beruhigen und sich einzureden, dass er nur irgend so ein Schönling war, der nichts Außergewöhnliches an sich hatte. Doch seine Augen und sein strahlendes Lächeln gingen ihr nicht aus dem Kopf. Unwillkürlich versuchte sie, sich den Geschmack seiner weichen Lippen, die Struktur seiner Haut und den Duft seines Haares vorzustellen.

Als sie an jenem Abend nach Hause kam, wusste sie zum ersten Mal das Hockeytraining zu schätzen, zu dem Olivier wie immer gerade von ihrem Mann gebracht wurde. Sie zog sich in ihr Zimmer zurück, holte den Vibrator aus seinem verstaubten Karton und zog sich hastig aus. Anne träumte von der Lust, die ihr Alexandres ungeduldige Hände verschaffen würden, stellte sich seine Lippen auf ihrem fiebrigen Körper vor und dachte an zarte Liebkosungen. Sie lag auf ihrem Bett und befahl ihren Fingern, ihre Brüste zu befühlen, über ihren Bauch zu wandern und sich schließlich in die Öffnung zwischen ihren gespreizten Beinen zu begeben. Ihr entflammtes Geschlecht gab sich der sehr realen Berührung mit dem Vibrator hin, der nur wenige Seufzer später einen überwältigenden Orgasmus auslöste.

Seit jenem ersten Tag häuften sich Annes Ausflüge ins Erdgeschoss. Eilsendungen, Farbkopien, Werbematerial, Visitenkarten – sie ließ nichts aus. Im Lauf der Tage und Wochen wurde Alexandre immer offensiver. Er begann, sie zu reizen und herauszufordern. Die banalen Komplimente waren schmeichelnden Bekenntnissen gewichen, denen Anne ein aufmerksames Ohr schenkte. So erfuhr sie, dass er derzeit Single war und gerade eine unglückliche Liebe hinter sich hatte. Er behauptete, sehr verliebt in eine Frau gewesen zu sein, die ihr geähnelt hatte. Anne war außerstande, ihr Verlangen noch länger zu verbergen, zumindest vor den Augen des Hauptbetroffenen. Und je mehr Zeit verging, umso klarer wurde es, dass dieses Verlangen gegenseitig war und dass ein einziges Wort von ihr reichen würde, damit sie sich in seinen Armen wiederfand.

Sie hatte also ihren Vibrator wieder in Betrieb genommen, wohl wissend, dass sie sich mit diesem Ersatz nicht lange begnügen würde. Zwar half ihr dieses Gerät, das dringende sexuelle Verlangen zu stillen, das sie jedes Mal befiel, wenn sie Alexandre getroffen hatte. Doch es waren Alexandres Hände, sein nackter Körper und sein harter, fordernder Schwanz, die sie endlich an sich, in sich spüren wollte. In ihren Träumen überraschte er sie mitten in einem gewaltigen Orgasmus, während einer ihrer wilden Fantasien. Dann übernahm er den Part des Vibrators und nahm sie hart und leidenschaftlich. Seine Stöße waren so heftig, dass sie vor Lust und Schmerz gleichermaßen schrie …

In der Wirklichkeit verhielt sich Alexandre in Gegenwart anderer Kunden äußerst diskret. Anne hatte in seinem Laden übrigens schon des Öfteren die eine oder andere der beiden Frauen getroffen, die am ersten Tag dabei gewesen waren: das junge Mädchen mit den roten Haaren, das sie jedes Mal so komisch musterte, und die andere, die Brünette, die damals völlig unscheinbar gewirkt hatte, aber inzwischen immer mehr aufblühte. »Na sieh mal einer an! Wenn die eine solche Verwandlung durchmacht, ist sie bestimmt verliebt!«, sagte Anne sich.

Anne stellte mit Freuden fest, dass ihr Alexandre bei jedem ihrer Besuche sein Verlangen durch zugeraunte unzweideutige Worte oder flüchtige, aber unvergessliche Berührungen mitteilte, egal, wie viel in seinem Geschäft gerade los war. Eine zärtliche Hand, die ihre Hüften streichelte, Finger, die unauffällig eine Brust streiften … Anne erkannte, dass sie völlig in ihn vernarrt war, sah sich jedoch nicht ernsthaft gefährdet. Oder vielleicht doch? Sie hatte natürlich Gewissensbisse gegenüber Laurent, ihrem Mann. Ach, Pech für ihn! Schon zu lange schien er sie gar nicht mehr wahrzunehmen. Übrigens taten ihr das großartige Gefühl, als Frau begehrt zu werden, wie auch der prickelnde Reiz des Verbotenen unwahrscheinlich gut. Sie spürte, wie sie förmlich auflebte, und wollte diese gewagte Schwärmerei gänzlich auskosten. Sie, die ängstlich die ersten Vorboten der Wechseljahre registrierte, die schon gefürchtet hatte, sich nie wieder mit solcher Macht zu jemandem hingezogen zu fühlen, mit einer Leidenschaft, die der Obsession nahekam, würde sich dieses unverhoffte Glück unter keinen Umständen entgehen lassen. Sie hatte die Situation fest im Griff.

Und dann rief eines späten Nachmittags Alexandre bei ihr an und bat sie, bei ihm die Druckfahnen ihres Kataloges durchzusehen. Es war schon spät, doch er wollte ihr das fertige Produkt möglichst schnell liefern. Am Ende dieses langen Arbeitstages ging Anne zu ihm hinunter. Das Gebäude leerte sich bereits. Sie war die einzige Kundin bei Alexandre, der sie in einen Nebenraum führte, wo sie sich sogleich an die Arbeit machte. Sie war begeistert von dem Katalog. Vor allem aber von der schwarzen Lockenpracht, die auf seine Schultern fiel, von seinem Lächeln, das den Blick auf zwei Reihen makelloser Zähne freigab, von seinem geheimnisvollen Duft. Er hatte sich ihr stumm genähert und presste nun seinen Körper an ihren. Anne genoss es, seine Erektion an ihrer Hüften zu spüren. Ihr beiderseitiges Verlangen schwoll immer weiter an, bis es sprichwörtlich mit Händen zu greifen war. Er küsste ihren Hals und knabberte sanft an ihrem Ohrläppchen, während seine Hand erst unter ihre Bluse wanderte, um ihre Brüste zu streicheln, und sich dann zwischen ihre Beine schlich. Dabei murmelte er:

»Du hast es doch hoffentlich nicht allzu eilig?«

Sie taumelte vor Begierde, war schon ganz feucht, und

ihr Herz klopfte zum Zerspringen. Es wäre ein Leichtes gewesen, ihm in diesem winzigen, vor neugierigen Blicken geschützten Raum noch näherzukommen, ihn an sich heran-, in sich hineinzulassen. Die wildesten erotischen Fantasien jagten durch ihren Kopf. Doch am Ende siegte die Vernunft. Sie musste gehen. Laurent und sie waren an jenem Abend bei Freunden eingeladen, und sie kam sowieso schon zu spät. Schweren Herzens löste sie sich von ihm.

»Nach siebzehn Uhr bin ich hier immer völlig allein …«

Dann küsste er sie lange und ließ sie bebend zurück. Und zum ersten Mal fragte sich Anne nicht mehr, ob sie *(Fortsetzung ab Seite 134)* sondern wann sie *(Fortsetzung ab Seite 142)* dieser Versuchung erliegen würde …

Den ganzen Tag über war Emilies Laune fantastisch gewesen. Dieser Montag hatte spektakulär begonnen! Alexandre Lambert sollte ihr nächstes Opfer sein. Seit ihrem Eintreffen im Büro hatte sie die Visitenkarte, die er ihr im Fahrstuhl überreicht hatte, nicht mehr aus den Augen gelassen. Etwas dermaßen Aufregendes war ihr schon lange nicht mehr passiert. Ihre Tätigkeit als Bürokauffrau langweilte sie zu Tode. Sicher hatte es Vorteile, in einem Wirtschaftsprüfungsunternehmen zu arbeiten. Zum Beispiel konnte sie stundenlang im Internet surfen, da sie regelmäßig mit elektronischen Recherchen beauftragt war. So nutzte sie manchmal die Gelegenheit, um zwischen einem Geschäftsbericht und zwei Umsatztabellen noch einen Blick auf andere, sagen wir, abwechslungsreichere Internetseiten zu werfen. Seit jener unvergesslichen Begegnung kümmerte sie sich nun viel eifriger um die vielen Besorgungen, die sie für ihre Chefs zu erledigen hatte. Und falls ihre Tätigkeit es erforderlich machte, täglich in Alexandres Firma zu erscheinen, hatte das nicht zuletzt durchaus positive Auswirkungen auf ihre Eroberungspläne.

Ja, Alexandre war tatsächlich auf sie aufmerksam geworden. Er war zweifellos ganz anders als diese konservativen Typen, mit denen sie es täglich im Büro zu tun hatte. Und was hatte er für einen Körper! Aber so ein Mann, dachte Emilie, ist vermutlich schon vergeben. Verheiratet? Kann sein, muss aber nicht. Freundin? Da brauchte es schon mehr, um Emilie abzuschrecken. Solange da nicht noch irgendwo zwei oder drei Kinder im Hinterhalt lauerten … Schwul? Sie würde es schon noch herausbekommen. Je früher, desto besser. Vielleicht war dieser Mann am Ende Teil ihres Schicksals? Vielleicht war er derjenige, der bei ihr den Wunsch wecken würde, endlich in festen Händen zu sein, ein Häuschen am Stadtrand zu kaufen und ein Kind zu bekommen? Sie prustete los. Sie und ein Kind! Das war nicht schlecht! Keine durchgefeierten Wochenenden von Donnerstag bis Sonntag mehr? Nur noch hilflos dem unaufhaltsamen Verfall ihres Körpers zusehen? Und so anonym und unscheinbar werden wie diese Frau, die sie heute Morgen am Aufzug getroffen hatte? Niemals! Nicht sie! Mit sechsundzwanzig Jahren konnte sich Emilie einfach nicht vorstellen, dass auch sie einmal älter sein würde. Dass ihr irgendwann vielleicht die Ausdauer oder einfach die Lust auf diesen wilden Lebenswandel fehlen würden, der ihr im Moment so lieb und teuer war. Sie dachte an den letzten

Abend zurück und an den interessanten jungen Mann mit den blonden Haaren und den fröhlichen Augen, der sie die ganze Zeit angebaggert hatte. Wobei allerdings dieser Alexandre … Der war ein richtiger Mann, kein Junge mehr. Gott, was hatte sie für eine Lust, ihn herauszufordern.

In ihre Gedanken platzte der Empfangschef, der sie in seinem gewohnt näselnden Ton darum bat, für alle Angehörigen der Firma Farbkopien eines Dokumentes anzufertigen. »Kein Problem!«, rief Emilie freudestrahlend. Und unter den verdutzten Blicken ihres Vorgesetzten, der von dieser jungen Frau eher widerwillige und mürrische Reaktionen gewohnt war, eilte sie flink aus dem Büro und begab sich zu den Fahrstühlen.

Alexandre war allein. Emilie fing sofort ein Gespräch mit ihm an. Es gelang ihr ohne Probleme herauszufinden, dass er nicht nur unverheiratet war und keine Freundin hatte, sondern auch gerade erst in diese Stadt gezogen war und praktisch noch niemanden kannte. Die Art, in der er sie ansah, seine durchdringenden Blicke sagten ihr, dass er ganz sicher nicht schwul war. Was für ein unglaubliches Glück! Sie gab ihm mit ihrem schönsten Lächeln und vielsagenden Blicken ein paar Ausgehtipps und Clubempfehlungen, wagte es jedoch nicht, ihn gleich zu fragen, ob er sich nicht für einen Abend mit ihr verabreden wolle. Dafür war es noch zu früh! Sie würde ihn noch ein wenig zappeln lassen … Schließlich bestand doch darin der aufregendste Teil des ganzen Abenteuers, oder etwa nicht? Unbesorgt, glücklich und mit einem kleinen genießerischen Lächeln auf den Lippen ließ Emilie ihn zurück. Die Jagd war eröffnet.

Wie sie es erhofft hatte, gaben ihr ihre Vorgesetzten die Möglichkeit, Alexandre im Lauf der folgenden Wochen mehrmals am Tag wiederzusehen. Sie gewann jeden Tag etwas mehr an Boden und flirtete immer unverhohlener mit ihm. Eines Donnerstagabends ergab sich dann endlich die Gelegenheit, einen großen Schritt nach vorn zu machen. Einen Riesenschritt.

Emilie hatte den größten Teil des Abends in ihrem Stammladen, dem »Neon«, verbracht. Der Club war proppevoll, der DJ war genial, und Emilie wurde kräftig angebaggert. Mitten auf der Tanzfläche, umgeben vom Dröhnen der Boxen, hätte sie um ein Haar Alexandre übersehen, der sie mit seinem entwaffnenden Lächeln bewundernd von oben bis unten musterte. Er hielt sich ganz in ihrer Nähe, und kaum hatte sie ihn erblickt, erwiderte Emilie sein Lächeln. Die ungewöhnliche Form von Alexandres Augen und die Intensität seines Blickes schlugen sie völlig in ihren Bann. Tanzend beobachtete sie, dass er allein war. Sie bewunderte seine hohen Wangenknochen, sein kräftiges Kinn, seine weichen schwarzen Locken und die Männlichkeit, die er trotz der fast femininen Sanftheit seiner Katzenaugen ausstrahlte. Der Taumel ihres Herzens, die betäubende Musik und der Alkohol der Cocktails taten das ihre und befreiten sie von ihren letzten Hemmungen. Sie überließ ihre Freundinnen sich selbst und ging zu ihm hinüber. Ohne ein einziges Wort küsste sie ihn. Seine Lippen waren so weich wie in ihrer Vorstellung, als er ihren Kuss erwiderte. Emilie führte ihn am hinteren Ende des Saales in einen dunklen Flur hinter den Treppen.

Dort lehnte sie sich an die raue Wand und zog ihn an

sich. Sie küsste ihn erneut und legte in ihre Lippen und ihre Zunge all das Verlangen, das Alexandre in ihr wachrief. Er kam noch ein wenig näher, presste seinen Körper fest an ihren und erlaubte Emilie, ein Knie zwischen seine Beine zu schieben und die einrucksvolle Erektion zu erspüren, die sich dort gebildet hatte. Sein Duft machte sie wahnsinnig. Der Geschmack seiner Lippen berauschte sie. Seine Hände … Seine großen Hände umklammerten ihre Taille, die zwischen seinen mächtigen Fingern fast winzig wirkte, und umschlossen ganz wunderbar ihre Pobacken. Er hob sie in die Höhe, und Emilie schlang ihre langen Beine um seine Hüften, rieb an diesem ungestümen Schwanz ihre Scham, die sie vibrieren und feucht werden spürte. Während er sie mit nur einer Hand hielt, griff Alexandre nach einer von Emilies kleinen Brüsten, drückte sie sanft und versuchte, ihr winziges Top beiseitezuschieben. Sie bog sich nach hinten, drückte ihre zerzauste Mähne an die Wand und überließ sich ganz und gar den göttlichen Berührungen von Alexandres Fingern, die ihren Busen umspielten und immer wieder fest umklammerten. Emilie brannte. Ein unerbittliches Feuer loderte in ihrem Leib, ließ sie keinen klaren Gedanken mehr fassen. Und doch spürte sie, dass alles viel zu schnell ging, dass es zu intensiv und noch viel zu früh war. Aber wie sollte sie dem nur widerstehen? Aus welchem Grund überhaupt? Die widersprüchlichsten Gedanken überschlugen sich in ihrem entfachten Gemüt. Sie konnten ja wohl kaum hier, in diesem dunklen Korridor miteinander schlafen. Und so fragte sie sich: »Was mache ich jetzt? Wie weit werden wir noch gehen?«

Vielleicht spürte er ihr Zögern, jedenfalls setzte Alexandre sie wieder behutsam auf dem Boden ab, als könne er ihre Gedanken lesen. Er umfasste sie auf eine so zärtliche, so ganz andere Art als eben noch, dass Emilie schon befürchtete, ihn abgeschreckt zu haben. Doch sie nutzte die Atempause, um ihre Gedanken zu sammeln und Luft zu holen:

»Alexandre ... Was machen wir denn nun?«

»Du darfst entscheiden ... Ich jedenfalls habe große Lust auf dich ... Wahnsinnige Lust!«

»Ich auch auf dich! Aber ... Vielleicht sollten wir besser einen Gang runterschalten, oder? Wir kennen uns doch kaum ...«

Zwar verspürte Emilie das übermächtige Verlangen, ihn sofort mit zu sich nach Hause zu nehmen (*Fortsetzung ab Seite 137*), um zu Ende zu bringen, was so prickelnd begonnen hatte, und endlich seine nackte Haut auf der ihren zu spüren. Aber ihn noch eine Weile zappeln zu lassen und den Genuss dieser Eroberung so lange wie möglich auszukosten, war ebenso verlockend. (*Fortsetzung ab Seite 145*)

Seit ihrer zwei Wochen zurückliegenden Begegnung mit Alexandre Lambert, dem jungen Mann aus dem Fahrstuhl, kümmerte sich Maryse wieder mehr um ihr Aussehen und war sehr stolz darauf. Ohne es sich jemals einzugestehen, hatte sie lange, viel zu lange auf ein solches Ereignis gewartet. Alexandre hatte sie wachgerüttelt, elektrisiert. Ja, sie war erschöpft. Und ja, es war für sie weitaus wichtiger, sich um die Bedürfnisse ihrer Tochter Sabrina zu kümmern, als den nächstbesten Unbekannten zu verführen. Doch sie war auch immer noch eine Frau. Eine junge Frau, nach der sich früher nicht wenige umgedreht hatten. Sie war erst vierunddreißig und hatte noch das gute Recht, verführerisch zu sein. Und sei es nur für sich ganz allein, für den eigenen Anblick im Spiegel, der sie wieder mit Stolz erfüllen sollte. Natürlich hatte Philippe, mit dem sie sich seit einiger Zeit traf, ihre Veränderung bemerkt. Er machte ihr seitdem unaufhörlich Komplimente. Dennoch ertappte Maryse sich bei der Frage, ob sie nicht etwas Besseres verdient hatte. Philippe war nett, er war großzügig. Doch zwischen ihnen fehlte dieses gewisse Etwas, diese Leidenschaft, die sie an Sabrinas Vater so geliebt hatte. Sie wusste indessen nur zu gut, wohin eine solche Leidenschaft führte! Als er von ihrer Schwangerschaft erfuhr, hatte er es mit der Angst zu tun bekommen und sich aus dem Staub gemacht. Maryse hatte sich als stolze allein Erziehende durchgeschlagen und alles in ihrer Macht Stehende getan, um Sabrina so viel Liebe und Geborgenheit wie möglich zu geben …

Sie hatte Philippe kurz vor Weihnachten kennen gelernt und war zunächst noch vorsichtig gewesen. Philippes Interesse und sein Verständnis für die Einschränkungen, denen sie durch ihre Tochter unterworfen war, hatten ihr geschmeichelt. Auf der körperlichen Ebene war es vielleicht nicht gerade der siebente Himmel, doch Philippe respektierte sie, war sanft und liebevoll. Er vergötterte Sabrina, die ihm in dieser Hinsicht in nichts nachstand, und so hatte sich Maryse schon fast bereit gefühlt, ihm einen festen Platz in ihrem Leben einzuräumen. Dann war plötzlich

Alexandre aufgetaucht und hatte, ohne es zu ahnen, alles wieder in Frage gestellt.

Nach der Geschichte im Fahrstuhl hatte Maryse ein paar Tage verstreichen lassen, bevor sie das neue Geschäft im Erdgeschoss zum ersten Mal aufsuchte. Sie wollte attraktiver aussehen und besser vorbereitet sein. Daher hatte sie zunächst einen Termin beim Frisör vereinbart. Der Frisörbesuch kostete sie ein Vermögen, was sie jedoch keine Sekunde bereute. Sie hatte außerdem wieder begonnen, sich jeden Morgen mit größter Sorgfalt zu schminken. So fühlte sie sich schon viel besser. Als sie Alexandre das nächste Mal sah, schien er sie erst kaum wiederzuerkennen. Dann erhellte sich sein Gesicht, und er rief:

»He! Sie sind's! Sie haben einen neuen Haarschnitt, der steht Ihnen wundervoll!«

Sie errötete und fand es kindisch, wie aufgeregt sie plötzlich war. Alexandre fügte noch hinzu:

»Nein, wirklich, er steht Ihnen richtig gut. So fallen Ihre schönen Augen noch mehr auf!«

Das hatte genügt, damit Maryse sich endlich dazu aufraffte, konsequent auf ihre Ernährung zu achten, mehr Sport zu treiben und sich ein paar schicke Klamotten zu leisten. Die neue Maryse sollte eine wahre Schönheit werden.

Sie freute sich, dass sie bei ihrer Arbeit regelmäßig auf Alexandres Dienste zurückgreifen konnte. Er machte ihr unablässig Komplimente und brachte jedes Mal seine Freude über ihr Wiedersehen zum Ausdruck. Eines Mittags lud er sie in das neue Hausrestaurant ihres Bürogebäudes ein. Ungeachtet der Gewissensbisse, die sie durchzuckten, nahm sie seine Einladung an.

Sie verbrachten eine unheimlich nette gemeinsame Stunde, während derer es Maryse gelang, ihre Liaison mit Philippe zu verschweigen, sie sich aber nicht verkneifen konnte, ihm von Sabrina zu erzählen. Alexandre bewunderte ihre Tapferkeit, ihre Stärke, ihre Selbstaufopferung. Und dann, bevor sie in ihr Büro zurückkehrte, küsste er sie, flüchtig und doch leidenschaftlich, und Maryse hatte den ganzen Nachmittag über Schmetterlinge im Bauch.

Von diesem Tag an nahmen die Dinge eine rasante Entwicklung. Während ihrer Besuche zog Alexandre sie mit Blicken aus und nutzte jede noch so kleine Gelegenheit zu einem Kuss. Seine Hand streifte zart ihre Taille oder ihren Nacken, fuhr ihr über den Po oder über das Haar. Eines Abends, als sie wegen eines Termins mit einem wichtigen Kunden noch spät im Büro beschäftigt war, stand sie plötzlich mit ein paar dringenden Kopieraufträgen vor seinem Tresen.

»Das wird einen Moment dauern. Setz dich doch derweil da drüben hin, da ist es viel bequemer zum Warten.«

Er führte sie in einen kleinen Raum am hinteren Ende des Ladens. Dann wählte er den entsprechenden Kopierer, machte ein paar Farbabzüge zur Probe und warf schließlich die Maschine an. Anschließend gesellte er sich zu ihr.

»Es dauert mindestens eine Viertelstunde. Möchtest du lieber später noch einmal wiederkommen? Du kannst natürlich auch gern hier warten.«

Sie antwortete mit einem Lächeln, und Alexandre rückte näher an sie heran. Er küsste sie sanft, und sie ließ ihn gewähren, beteiligte sich sogar aktiv an diesem himmlischen Kuss. Es war so wunderschön, dass Maryse all ihre Bedenken wie Eis in der Sonne dahinschmelzen ließ. Sie umschlang ihn mit beiden Armen, presste ihn fest an sich und berührte endlich diesen von ihr so sehr begehrten Körper. Hingerissen ließ sie ihre Finger über seinen muskulösen Rücken und um seine Taille wandern, sich an den kräftigen Schultern festkrallen und schließlich nach diesen festen Pobacken greifen. Das Ausmaß der Erektion, die gegen ihr Becken stieß, verblüffte sie. Bis zu welchem Punkt würde sie sich von ihm erregen lassen, ihn erregen? Alexandres Hand knetete ihre Brüste, kniff ganz leicht in ihre aufgerichteten Nippel, streichelte zärtlich ihren Nacken und ihre entblößten Schultern. Nein, sie würde nicht protestieren, würde nichts unterbrechen. Noch nicht …

Sanft schubste Alexandre Maryse an die Wand, eine seiner Hände bahnte sich einen Weg unter ihren Rock. Sie spreizte ihre wackeligen Beine und spürte, wie sie angesichts der zu erwartenden Berührungen schon tropfte vor Lust. Die energische Hand drang immer weiter vor, bedeckte die ganze Oberfläche ihres Geschlechts, das von einer kaum zu ertragenden Wonne erfasst wurde, und glitt mit geschmeidigen Bewegungen immer wieder vor und zurück. Der Handteller legte sich auf ihre erregte Knospe und bearbeitete sie geschickt, während eine Fingerspitze ihrer anderen Öffnung gefährlich nahekam und sie lustvoll auskundschaftete. Als schließlich der ganze Finger in sie eindrang, hätte sie am liebsten geschrien. Und als es kurz darauf ein zweiter dem ersten gleichtat, und zwar dort, wo sie gern den riesigen Schwanz gespürt hätte, glaubte sie, in Ohnmacht zu fallen. Und immerzu diese Bewegung, dieses himmlische Pendeln, dieses unaufhörliche Gleiten, diese irritierenden Attacken. Maryse spürte die Feuchtigkeit zwischen ihren Beinen, sie zerging unter seinen entfesselten Liebkosungen. Dieser zauberhafte Mund, der ihre Brüste verschlang und ihre Lippen einsog, seine makellosen Zähne, die an ihr knabberten, diese Zunge, die durch ihren Mund pflügte ... Sie konnte sich nicht länger im Zaum halten und wurde von einer Welle der Lust erfasst, die sie für schier endlose Augenblicke emporhob. Ihre Beine versagten ihr plötzlich, und sie sank zu Boden, wurde jedoch von Alexandre aufgefangen, der sie sanft auf den Sessel hob. Sie war völlig außer Atem, ihr Herz pochte wie wild. Im selben Augenblick stoppte der Kopierer, im Raum war es plötzlich absolut still.

Maryse sah Alexandre in die Augen:

»Ich muss gehen. Da oben warten sie auf die Kopien ...«

»Ja, geh nur. Aber komm später wieder, einverstanden?«

»Ich ... Ich weiß nicht, Alexandre. Meine Tagesmutter wartet auf mich und meine Tochter auch ...«

»Dann müssen wir uns also ein andermal treffen. Und zwar bald. Überlegst du's dir?«

Maryse gab ihm ihr Wort. Nachdem sie ihre Kleider und ihr Make-up in Ordnung gebracht hatte, ging sie von ihm fort und atmete tief durch. Würde es ihr gelingen, Philippe vor diesem schrecklichen Kampf, den sie mit sich selber führte, zu bewahren? (*Lesen Sie weiter ab Seite 140.*) Oder würde sie ihr in einem Zustand der Atem- und Besinnungslosigkeit abgegebenes Versprechen bei Alexandre einlösen? (*Fortsetzung ab Seite 148*)

Anne: Variante 1

Das Essen bei Freunden am Abend des besagten Zwischenfalls verlief ohne besondere Vorkommnisse. Anne war abwesend und still, doch die anderen Anwesenden führten ihre Schweigsamkeit vor allem auf ihre Müdigkeit zurück. Wieder bei sich zu Hause angelangt, ging Anne davon aus, dass Laurent sich zu Olivier gesellen würde, der von einem Hockeymatch im Fernsehen gefesselt wurde. Sie beschloss, sich ein schönes Bad zu gönnen. Laurent wirkte enttäuscht. Er war ihr gegenüber den ganzen Abend lang ungewöhnlich aufmerksam gewesen und hatte ihr in einem fort Komplimente gemacht, über ihre neue Bluse, über ihre Schönheit. Da hatte er sich ja genau den richtigen Zeitpunkt ausgesucht! Wenn er wüsste, dass unter genau derselben Bluse die Hand eines gewissen Alexandre für die prickelndsten Gefühle gesorgt hatte! Laurent hatte ihr schon seit Monaten keine solchen Komplimente mehr gemacht. Warum ausgerechnet heute Abend? Ahnte er vielleicht etwas? Oder war es der Zustand ständiger Erregung, in dem sich seine Frau offenkundiger, als sie selber dachte, befand, der sie in seinen Augen plötzlich wieder begehrenswert erschienen ließ? Anne musste ihre Gedanken ordnen. Sie ließ sich ein Schaumbad ein, zündete ein paar Kerzen an und überließ sich der sanften Wärme des Wassers. Ihre Gedanken kreisten um Alexandre und die untragbare Situation, in die sie hineingeraten war. Das konnte so nicht weitergehen! Tag und Nacht träumte sie von ihm und dachte immer wieder an die Worte dieses jungen Mannes, der behauptete, schon allein beim Gedanken an sie einen Steifen zu bekommen und sich mindestens ebenso sehr nach ihr zu sehen wie sie sich nach ihm. Er wurde nicht müde, ihr gegenüber zu wiederholen, was für eine wunderbare und begehrenswerte Frau sie sei. Dass dieses unwiderstehliche Etwas, das reifere Frauen an sich hatten, ihn so verrückt vor Verlangen mache, dass er an niemand anderen mehr denken könne. Wie konnte sie sich ihm da noch verweigern? Und aus welchem Grund sollte sie sich eigentlich eine solche Huldigung versagen? Wegen Laurent natürlich. Da war ja noch Laurent. Auch wenn sie schon seit Monaten nicht mehr intim gewesen waren, hatte sie ihn doch niemals betrogen, zumindest nicht de facto. Bei dem prickelnden Gedanken an Alexandres Hand unter ihrer Bluse lugten ihre Brustwarzen aus dem Badewasser hervor. Unwillkürlich streichelte sie sie, zwickte sie sanft und schloss die Augen, um sich das Bild des jungen Mannes genauestens ins Gedächtnis zu rufen. In ihrer Vorstellung wand er sich unter den Schaumbergen, küsste ihre dargebotenen Brüste und schob seine Hand zwischen ihre leicht gespreizten Beine. Anne berührte sich immer heftiger, fast schon schmerzhaft, krallte ihre Fingernägel in das weiche Fleisch ihrer Möse und fasste nach ihren hart gewordenen Nippeln. Dabei hörte sie gar nicht, wie Laurent ins Badezimmer trat. Er sah sie lange an, dann rollte ihm ganz langsam eine Träne über die Wange. Mit erstickter Stimme sagte er:

»Was ist nur los? Ich weiß nicht, wer dich in einen solchen Zustand versetzt. Betrügst du mich denn?«

Sie sah ihn an und las so viele widersprüchliche Gefühle in seinem Blick, dass sie darüber Alexandre auf einen

Schlag vergaß. Sie erblickte Liebe, Enttäuschung, Schmerz, Erregung …

Anne erhob sich aus der Wanne und fiel ihrem Mann um den Hals. Der tat, was er so lange versäumt hatte, küsste sie leidenschaftlich und schob seine Hand zwischen die Beine seiner Frau. Sie zog ihn aus, nahm sein Glied und sog es in sich hinein. Der beschlagene Spiegel zeigte ihnen das verschwommene Bild eines aufs Intimste vereinten Paares, das sich im Rhythmus seiner Leidenschaft wiegte. Anne wandte sich um und betrachtete aufmerksam das Gesicht und die Augen ihres Mannes. Sie entdeckte darin dasselbe Begehren und dieselbe Ungeduld, die sie auch in Alexandres Augen gelesen hatte. In seinen Küssen lag dasselbe Feuer, aber darüber hinaus sprach aus ihnen eine Zuneigung, eine Vertrautheit und Zärtlichkeit, die sie nur mit ihm verband. Und auf die sie nicht verzichten konnte. Nicht verzichten wollte. Warum sollte sie diesen Mann, mit dem sie so viele Jahre ihres Lebens verbracht hatte, verletzen? Warum das Vertrauen, das er ihr entgegenbrachte, verraten? Bei Bedarf brauchte sie schließlich nur an den sehnigen Körper eines jungen Mannes zu denken und sich vorzustellen, wie sein erigiertes Glied sie durchpflügte, seine Finger sich in einer unvergesslichen Liebkosung ihrer Scham bemächtigten und …

Anne gewährte sich noch ein paar Tage Bedenkzeit, während derer sich die Ankündigung des neuen Frühlings in ihrer Ehe zweifelsfrei bestätigte. Laurent und sie fanden wieder zueinander und schätzten sich von Tag zu Tag mehr. Eine Woche später stand ihr Entschluss fest. Sie würde zu Alexandre gehen und ihn bitten, seine Avancen einzustellen. Er wäre bestimmt enttäuscht, nicht an sein Ziel gelangt zu sein. Aber er hatte eben Pech gehabt. *(Fortsetzung ab Seite 151)*

Emilie: Variante 1

Emilie schlug Alexandre vor, zu ihr zu gehen. Die bevorstehenden Stunden erschienen ihr überaus vielversprechend! Schon bald befanden sie sich in ihrer kleinen Wohnung, und Emilie führte Alexandre direkt ins Schlafzimmer, wo sie mit ihren Liebkosungen da weitermachen wollte, wo sie zuvor aufgehört hatten. Sie zog sich aus und bot ihren Körper Alexandre dar, der an ihren erregten Brüsten leckte, saugte und knabberte. Bald fanden sie sich nackt und brennend vor Verlangen auf dem Bett wieder. Alexandres stolz in die Höhe ragendes Glied machte auf seine Gefährtin mächtigen Eindruck. Emilie dehnte sich wie eine Katze, spreizte ihren langen Beine, und ihre zitternde Haut rief nach den glühenden Händen ihres Liebhabers. Alexandre schien jede ihrer Gliedmaßen, jeden Muskel und jede Faser ihres Körpers einzeln berühren und betasten zu wollen. Er reizte sie mit unzähligen Küssen, glitt über sie und unter sie und rollte mit ihr über das breite Bett. Emilie hielt es kaum noch aus, sie verzehrte sich nach ihm. Sie nahm Alexandre mit ihren Knien in die Zange, hob ihre feuchte Möse ganz nahe an sein Gesicht und drückte sie an seine unglaublich weichen Lippen. Voller Wonne leckte er bald gierig, bald zart an ihrem Fleisch, streichelte ihre vor Erregung geschwollene Vulva und schlüpfte mit den Finger in sie hinein. Sein ungestümer Schwanz näherte sich Emilies heißem und gierigem Mund, der kurz davor war, dieses göttliche Organ mit Haut und Haaren zu verschlingen. Sie holte noch einmal tief Luft und dann – ppfffff! Alexandres Schwanz schrumpfte zusammen wie ein zerplatzter Luftballon. Fassungslos liebkoste Emilie ihn mit ihrer kleinen flatterhaften Zunge, küsste ihn innig, nahm ihn in den Mund, in der Hoffnung, ihn damit wieder zum Leben zu erwecken. Sie mühte sich ein paar endlose Minuten lang ab, dann entzog Alexandre sich ihr. Er schien verwirrt.

»Ich … Ich verstehe das nicht! Das ist mir noch nie passiert! Ich verstehe das einfach nicht!«

Beschämt stand er auf und flüchtete ins Bad. Emilie wusste nicht recht, was sie tun, was sie sagen sollte. Sie war zwar enttäuscht, wollte ihn aber vor allem nicht noch mehr in Verlegenheit bringen.

Alexandre verharrte einen langen, sehr langen Moment im Bad. Als er wieder herauskam, entschuldigte er sich, stammelte etwas von wegen, er habe zu viel getrunken, und suchte nach einer Erklärung für das, was soeben geschehen war. Sie fragte ihn, ob er nicht wieder zu ihr ins Bett kommen wolle, doch er verneinte, zog sich rasch an und verschwand hinaus in die Nacht.

Emilie war verwirrt. Was war eigentlich passiert? Alexandres Haltung enttäuschte sie. Doch wenn er glaubte, sie wegen dieses, alles in allem doch ziemlich belanglosen Zwischenfalls losgeworden zu sein, dann irrte er sich gründlich. So leicht würde sie nicht aufgeben!

So versuchte sie die ganze Woche über, sich ihrer Eroberungskünste zu vergewissern, Alexandre ihr Interesse zu bestätigen und ihm zu zeigen, dass sie unwiderstehlich war. Mit viel Geduld, Überredungskunst, Koketterie und Schmeichelei schaffte sie es am Ende der Woche bis in sein Hinterzimmer, wo sie beruhigt feststellte, dass ihre Verführungskünste noch wirkten. Sie umarmte ihn zärtlich und gab ihm sanfte Küsse auf seinen kräftigen Nacken, seinen Hals, seine Brust und seinen Bauch. Freudig fühlte sie sein erigiertes Glied und befreite es ohne größere Schwierigkeiten aus seiner Hose. Und freudig leckte sie an dem riesigen, entblößten Schwanz. Ihre Zunge umspielte seine Konturen und ergötzte sich an seiner voluminösen, warmen und prallen Form. Gerade wurde es spannend, da waren plötzlich vom Eingang des Geschäftes Stimmen zu hören. Als Emilie aus dem Hinterzimmer trat, sah sie die beiden Kundinnen, die einen so ungünstigen Zeitpunkt für ihren Besuch gewählt hatten. Es waren die beiden Frauen aus dem Fahrstuhl, von jenem Tag, an dem sie Alexandre zum ersten Mal begegnet war. Die große Blonde erkannte sie sofort, doch bei der anderen musste sie etwas genauer hinschauen. Die hatte sich aber verändert! Angesichts ihrer betretenen Gesichter konnte Emilie sich ein kleines triumphierendes Lächeln nicht verkneifen, bevor sie den Laden verließ und den errötenden Alexandre mit seinem Ständer zurückließ. Sie würde bald wieder kommen. Sehr bald. *(Fortsetzung ab Seite 153)*

Maryse: Variante 1

Seit dem unvergesslichen Erlebnis in Alexandres Laden sehnte sich Maryse ununterbrochen nach diesem wunderbaren Gefühl, dieser überwältigenden Glücksfülle, die sie durch seine Hände durchströmt hatte. Sie hing ihren Gedanken nach und war nicht in der Lage, sich zu konzentrieren oder aufmerksam einem Gespräch zu folgen. Philippe hatte sie ein paar Mal besucht, und am Donnerstagabend eröffnete er ihr, dass er gern über Nacht bleiben würde. Ohne ihm richtig zuzuhören, willigte sie ein und landete irgendwann neben ihm in ihrem Bett. Philippes seidenweicher Mund berührte sanft ihre Lippen. Sinnlich und verliebt tasteten seine Hände über ihren Körper. Maryse schloss die Augen und ließ sich von diesen wundervollen Empfindungen mitreißen. Philippe war die Sanftheit in Person. Und obwohl er damit im Bett nicht hundertprozentig das war, was sich Maryse erträumte, ließ sie sich von seinen innigen Liebkosungen betören. Seine Berührungen waren so anders als die von Alexandre! Philippe ging ruhig und andächtig vor und behandelte ihren Körper wie etwas sehr Zartes, Zerbrechliches. Jeder seiner zarten Küsse war eine einzige liebevolle Huldigung. Alexandre dagegen sprang ganz anders mit ihr um. Maryse ertappte sich dabei, wie sie ihn in Gedanken an die Stelle jenes Mannes setzte, der sie gerade so behutsam liebkoste. Aus Philippes schmachtenden Küssen wurden Alexandres kleine, heimtückische Bisse. Die zuvorkommenden Hände des einen überließen das Feld den fordernden, eroberungslustigen

Fingern des anderen. Sie stellte sich vor, wie einer von diesen Fingern in sie hineinglitt, dann noch ein zweiter und zum Schluss fast die ganze Hand. In ihrer Fantasie bedrängte, dehnte und knetete Alexandres Hand ihre Möse. Dann übernahm sein gewaltiger Schwanz den Part der aufdringlichen Hand, stieß in sie hinein und entlockte ihr dabei Seufzer der Überraschung und der Wonne. Maryse raste vor Lust. Plötzlich warf sie Philippe auf den Rücken, setzte sich auf ihn und ritt ihn fast gewaltsam. Ihre Finger rieben heftig an ihrer Knospe, umklammerten fest den harten, in ihr versinkenden Schaft und zwickten unbarmherzig in die Schamlippen ihrer entflammten Möse. In einem entfesselten Rhythmus hob und senkte sich ihr Becken, und sie berauschte sich an der unaufhörlichen Erschütterung in den Tiefen ihres Leibes, an der intensiven Reibung und dem herrlichen Brennen, das sie dort verspürte. Ihre Finger, deren wilder Tanz nun seinen Höhepunkt erreicht hatte, konnten spüren, wie sie förmlich troff vor Lust, fingen ihren kochenden Saft auf und verteilten ihn auf Philippes Bauch. Maryse gab sich ganz ihrem gewaltigen Orgasmus hin und merkte erst an dem gekränkten Blick ihres Freundes, dass sie unter dem Ansturm der Gefühle unwillkürlich Alexandres Namen gerufen hatte.

Verzweifelt suchte Maryse nach einer Entschuldigung und kramte in ihrem Kopf nach ein paar besänftigenden, beruhigenden Worten, die sie zu Philippe hätte sagen können, doch ohne Erfolg. Philippe zog sich wortlos zurück und ließ zwischen den zerknitterten Laken eine aufgewühlte, betretene und niedergeschlagene Maryse zurück. Schweigend zog er sich an. Sie versuchte, sich ihm zu nähern, doch mit schmerzgebeugten Schultern und bebenden Lippen stieß er sie sanft, aber bestimmt zurück. Dann ging er fort.

Maryse wurde von schrecklichen Gewissensbissen geplagt. Wie hatte sie nur so dumm, so unsensibel sein können? Dennoch glaubte sie, dass eine solche Panne unvermeidlich gewesen war. Dafür beherrschte Alexandre viel zu sehr ihre Gedanken. Vielleicht musste sie ja mit ihm erst einmal richtig zur Sache kommen, bevor ihre Beziehung mit Philippe sich entwickeln konnte? Vorausgesetzt, sie hatte wirklich vor, es ernsthaft mit Philippe zu versuchen und ihn um Verzeihung zu bitten. Stellte dieser Zwischenfall nicht im Grunde sogar jenen Fluchtweg dar, den sie unbewusst gesucht hatte? Bekümmert wegen der Schmerzen, die sie Philippe bereitet hatte, doch endlich frei von lästigen Schuldgefühlen – zumindest, was ihre künftigen Schandtaten betraf –, beschloss Maryse, Alexandre gleich am nächsten Tag zu besuchen. Und zwar möglichst gegen Feierabend, so dass sie beide ungestört wären. Dann würde sie sich die Zeit nehmen, seine vielen unterschiedlichen Facetten zu beleuchten und sich ausgiebig an seinem prächtigen Körper zu weiden. Erst dann würde sie wirklich wissen, für welchen der beiden Männer sie sich zu entscheiden hätte.
(Fortsetzung ab Seite 156)

Anne: Variante 2

Die ganze folgende Woche lang befand sich Anne in einer kläglichen Verfassung. Alexandre war für sie tatsächlich zu einer Obsession geworden. »Nach siebzehn Uhr bin ich immer allein hier …«, hatte er gesagt. Dieser Satz verfolgte sie, bedrängte sie in einem fort.

Jeden Tag um Punkt siebzehn Uhr löste sie sich aus ihrer Erstarrung und fragte sich, ob sie heute wohl den Schritt wagen würde. Diesen winzigen Schritt, der sie von Untreue und Ehebruch trennte. Von dem Erblühen ihrer Sinne und der Erfahrung eines überwältigenden Glücks. Wie leicht es plötzlich war, eine Tat zu rechtfertigen, die sie selbst vor wenigen Monaten noch aufs Schärfste verurteilt hätte! Aber hatte sie nicht ebenso gut das Recht, sich vielleicht zum letzten Mal in ihrem Leben diese kleine Laune zu gönnen? Wann würde sich je wieder eine solche Gelegenheit bieten? Wie viele Jahre blieben ihr noch, um schön und begehrt zu sein? Laurent würde nicht darunter leiden, er würde es nie erfahren. Anne hatte weder die Absicht, ihren Mann zu verlassen, noch den Wunsch, ein Verhältnis mit Alexandre zu beginnen. Sie wollte nur ein einziges Mal von der verbotenen Frucht kosten. Sich ein einziges Mal etwas gönnen, sich selbst und nur für sich allein. »Nach siebzehn Uhr«, hatte er gesagt. Es war nicht unmöglich, es war sogar ganz einfach. Sie arbeitete oft sehr lange, Laurent würde es gar nicht auffallen. Sie würde einfach das Büro verlassen und ein paar Etagen nach unten gehen …

Alexandre würde sie in das Hinterzimmer führen, ihr mit langsamen, gezielten Bewegungen die Jacke ausziehen und sie dabei leidenschaftlich küssen. Dann, wenn sein Verlangen kaum noch zu bremsen wäre, würde er ihr ungestüm an die Bluse greifen, alle Knöpfe zugleich aufreißen und sich auf ihre nackten Brüste stürzen, um gierig an ihnen zu lecken und zu knabbern. Er würde ihren Rock hochschieben, mit seinen ungeduldigen Händen ihre Strümpfe zerreißen und ihr weiches Fleisch dem gnadenlosen Ansturm seiner Finger und seines ausgehungerten Mundes aussetzen. Anne würde das Kitzeln seiner Zunge auf ihrer zarten Haut spüren. Das herrliche Saugen seiner Lippen und sanfte Reiben seiner Zähne würden ihr kleine Schreie der Wonne entlocken. Doch kurz bevor die unausweichliche Flut sie überwältigen würde und sie das in der endlosen Wartezeit aufgeflammte Feuer nicht länger würde ertragen könnte, würde sie sich vor ihm niederwerfen, um seinen, so innig begehrten Schwanz zu lecken, ihn ganz in ihren heißen Schlund zu versenken und gierig einzusaugen. Alexandre würde ihr seinen Rhythmus diktieren, würde mit seinem Glied ihren Mund und ihren Rachen ausfüllen. Und dann würde sie es nicht mehr länger aushalten. Ihn anflehen, endlich ganz nahe zu ihr zu kommen. Alexandre würde sie von hinten bei den Hüften packen und sie mit einer einzigen Bewegung aufspießen. Mit jedem Stoß tiefer in sie eindringen. Sie würde sich ihm entgegenbiegen, bis sie seinen Aufprall in ihren tiefsten Winkeln spüren könnte. Sie würde eine Hand zu ihrer unersättlichen Möse führen und die andere zu ihrem entblößten Hintern. Ihre Finger würden sich ohne Unterlass durch ihre samtweiche Haut graben, bis sie sich endlich dem Höhepunkt näherte. Alexandre würde sich in ihrer feuchten Höhle mühelos und immer wilder bewegen und Annes Kehle dabei Schreie des Schmerzes und der Lust entlocken. Und kurz darauf würden sich die Säfte ihrer beider Orgasmen gleichzeitig zwischen ihre Beine ergießen …

Anne wurde vom Klingeln des Telefons aufgeschreckt. Sie war völlig in ihre Träumereien abgedriftet und stellte voller Entsetzen fest, dass sie mit gespreizten Beinen auf ihrem Schreibtisch saß und die Hand an ihre immer noch bebende Möse gepresst hielt. Ihre eigene Hemmungslosigkeit überraschte sie. Was für ein Glück, dass sie ein eigenes Büro besaß! Sie drückte auf einen Knopf und meldete sich mit unsicherer Stimme. Es war ihre Sekretärin, die ihr mitteilte, dass sie nun nach Hause gehe. Ja, es sei schon siebzehn Uhr durch …

Anne legte gar nicht erst auf. Stattdessen wählte sie ihre eigene Nummer und gab Laurent auf dem Anrufbeantworter Bescheid, dass sie heute spät nach Hause käme. Sie schnappte sich ihren Mantel und ihre Tasche und schloss ihr Büro ab. Angetrieben von einem einzigen Gedanken, steuerte sie auf den Lift zu. Sie atmete tief durch und stellte fest, dass sie am ganzen Körper zitterte. Es war bereits siebzehn Uhr dreißig … *(Fortsetzung ab Seite 151)*

Emilie: Variante 2

Allerdings war Emilie zwischen ihren Gefühlen hin und her gerissen. Das war doch genau, was sie gewollt hatte, oder etwa nicht? Nachdem sie erst ihr schmerzendes Verlangen zum Ausdruck gebracht hatte, musste sie jetzt die affektierte Zicke spielen. Womöglich würde er sie für total bescheuert halten und komplett das Interesse an ihr verlieren! Ein Mann wie er dürfte Warten nicht gewohnt sein.

Wobei sich vielleicht gerade dieses Warten als Vorteil für sie erweisen könnte. Sie würde es bald erfahren.

Nachdem Alexandre und sie sich mit einem letzten verheißungsvollen Kuss voneinander verabschiedet hatten, war Emilie zu sich nach Hause gegangen. Doch sie konnte einfach nicht einschlafen. Sie dachte an Alexandres Hände auf ihrem Körper und spürte noch das Brennen auf ihrer Haut, als hätte er sie mit glühendem Stahl berührt. Sie versuchte sich vorzustellen, wie dieser Schwanz, der ihr riesengroß erschienen war, in sie eindrang. Wie er ganz langsam und genüsslich tief in ihren Körper glitt. An ihren Lippen haftete noch der betörende Geschmack seines warmen Mundes und sie spürte die unglaubliche Sanftheit seiner zärtlichen Zunge. Sie wollte ihn so gerne besitzen, sich in ihm verlieren, von der Kraft seines Körpers überwältigen lassen! Ihr Instinkt und ihr Optimismus sagten ihr, dass aufgeschoben nicht aufgehoben war. An jenem Abend versuchten ihre Finger, das quälende Verlangen in ihrem Leib, das durch Alexandres Berührung in ihr entfachte, lodernde Feuer neu zu beleben. Doch trotz der äußerst lebhaften und präzisen Erinnerungen an diese prickelnde Begegnung blieb ihr der Orgasmus versagt. Erschöpft und unbefriedigt schlief sie schließlich im Morgengrauen ein und wurde schon viel zu bald wieder von dem fürchterlichen und unbarmherzigen Klingeln ihres Weckers aus dem Schlaf gerissen. An jenem Tag ging sie mit schwerfälligeren Schritten als gewöhnlich zur Arbeit. Erst gegen zehn Uhr erwachte sie langsam wieder zum Leben, doch als der Empfangschef sie um elf bat, in der Druckerei die fertigen Visitenkarten abzuholen, stürmte sie voller Tatendrang ins Erdgeschoss.

Alexandre sah putzmunter aus. Emilie forschte in seinem Gesicht nach Hinweisen auf seine Stimmungslage. Er liebkoste sie gleich mit dem Blick seiner grünen Augen, und nachdem er sich vergewissert hatte, dass niemand in der Nähe war, küsste er sie auf die Wange. Emilie fiel ein Stein vom Herzen, und sie wurde wieder ganz die Alte, kokettierte und schnurrte wie ein Kätzchen. Alexandre führte sie behutsam auf die andere Seite des Tresens, in ein kleines Zimmer im hinteren Teil des Ladens, wo er sie augenblicklich in seine Arme schloss. Nun wusste sie, dass sie Recht gehabt hatte. Dass es klug gewesen war, ihn ein bisschen hinzuhalten. Sie hatte sein Verlangen ordentlich angefacht … Hurra! Er küsste sie leidenschaftlich, schob seine Hände unter ihren Pulli, befreite ihre Brüste aus ihrer engen Hülle und streichelte sie zärtlich. Emilie genoss die Berührung seiner Lippen auf ihrer Haut, erkannte diesen dumpfen Schmerz in ihrem Leib wieder und wusste, dass es ihr schwerfallen würde, heute noch zu arbeiten … Sie schlug ihm ein gemeinsames Mittagessen vor, doch er musste ihr Angebot bedauernd ablehnen. Er hatte so viel tun! Emilie zeigte Verständnis. Sie beugte sich zu ihm vor und versuchte, seine Hose aufzuknöpfen. Im selben Augenblick betrat ein Kunde das Geschäft. Enttäuscht erhob sie sich und gab Alexandre einen Kuss. Ein kleines Lächeln erhellte ihr Gesicht:

»Bis ganz bald also …«

Die darauffolgende Woche war allerdings ziemlich enttäuschend. Auf ihrem Schreibtisch türmte sich die Arbeit, und sie bekam keine Gelegenheit, um bei Alexandre vorbeizuschauen. Dennoch hatte sie fest vor, ihn noch vor dem Wochenende wiederzutreffen. Nachdem sie lange über eine geeignete Einladung nachgedacht hatte, traf Emilie schließlich eine Entscheidung. Auch wenn sie an dem Erfolg ihres Eroberungsfeldzuges nicht im Geringsten zweifelte, waren doch noch ein paar entscheidende Hürden zu nehmen. Sie wollte ihn, also würde sie ihn auch bekommen. *(Fortsetzung ab Seite 153)*

Maryse: Variante 2

Seit jenem Tag schien Maryse pausenlos in eine Art dicken Nebel gehüllt zu sein. Würde es Philippe jemals gelingen, vergleichbare Gefühle bei ihr auszulösen? Sie glaubte einfach nicht daran. Er konnte sie jedenfalls nicht annähernd zu solch intimen Geständnissen veranlassen oder ihr in solchem Maß den Kopf verdrehen wie Alexandre. Dennoch hatte sie irgendwie das Gefühl, ihm gegenüber unaufrichtig zu sein und sein Vertrauen zu missbrauchen. Im Grunde wusste sie überhaupt nicht mehr, was sie eigentlich wollte! Ihre besonnene und vernünftige Art riet ihr, Alexandre zu vergessen, die Geborgenheit in Philippes Armen zu suchen und ihn so zu nehmen, wie er war. Doch ein kleiner irrationaler und hartnäckiger Dämon befahl ihr, die Erkundung von Alexandres Qualitäten weiter voranzutreiben. Auch auf die Gefahr hin, dass sie den armen Philippe damit unglücklich machen könnte. Schließlich siegte ihre Integrität, und sie beschloss, sich noch etwas Zeit zum Nachdenken zu gönnen, eine wohlverdiente Ruhepause. Philippe wirkte gequält, verwirrt, jedoch keineswegs entmutigt. So schwanden Maryses Schuldgefühle, und sie konnte über ihre Zukunft nachdenken.

Eine geschlagene Woche lang fragte sie sich, ob sie Alexandre zu sich nach Hauses einladen sollte. Oder ihn anrufen, damit er sie zu sich einlud. Oder ob sie einfach abwarten sollte. Doch mit der letzten Option hatte sie es schwer. Denn immer wieder drängte sich die Erinnerung an die Wonnen, die sie in dem kleinen Hinterzimmer erfahren hatte, ihrem erhitzten Gemüt auf. Sie war pausenlos erregt und hatte erstaunlich oft das Bedürfnis zu masturbieren. Mit irritierender Selbstverständlichkeit erinnerte sich ihr Körper an die Ekstase, die sie durch Alexandres Hände und Lippen erfahren hatte. Sie sah ihn in der darauffolgenden Woche einige Male wieder, und jedes Mal wurde ihr Verlangen stärker. Irgendwann würde sie ihn gegen Feierabend wieder in seinem Laden besuchen. Sie wollte und konnte ihn noch nicht mit zu sich nach Hause nehmen. Sabrina würde es nicht verstehen. Was, wenn ihre Tochter sie zufällig im Wohnzimmer oder im Schlafzimmer überraschte? Nein, es war unmöglich. Maryse wollte ihn lieber am nächsten Tag in seinem Geschäft besuchen und dafür sorgen, dass er sie zu sich nach Hause einlud, was ihr nicht besonders schwerfallen dürfte. Sie organisierte es, dass die Tagesmutter länger als sonst bleiben würde, und verbrachte den folgenden Tag in ungeduldiger Erwartung. Sie widerstand sogar der Versuchung, Alexandre schon während ihrer Mittagspause zu besuchen. Stattdessen begnügte sie sich damit, ihn von Weitem zu beobachten, in stiller Bewunderung seiner Lässigkeit und seines Charmes. »Heute Abend«, sagte sie sich. Dieser Gedanke versetzte sie in höchste Erregung. Maryse zog sich auf die Toilette zurück und schob, mit ihren Gedanken bei Alexandre, eine bebende Hand zwischen ihre glühenden Schenkel. Mit geschlossenen Augen berührte sie sich selbst, während ihr Geist durch jenes geheime Reich der Sinne wandelte, das nur Alexandre und ihr gehörte. Sie wollte um jeden Preis wieder diese herrliche Liebkosung spüren, diesen schmerzhaften, aber so wahnsinnig prickelnden Ansturm auf ihren Körper, diese dreiste Eroberung ihrer intimsten Bezirke. In Gedanken erlebte Maryse noch einmal die Wonnen seines gierigen Mundes auf ihren Brüsten, auf ihrem Hals, auf ihrem Bauch. Sie malte sich aus, wie sie sein imposantes Glied hungrig in sich aufnehmen würde, wie sie sich biegen und dehnen würde, um es in seiner ganzen Länge zu umfassen. Diese Vorstellungen verfehlten ihre Wirkung nicht, und schon bald kam Maryse mit einem heftigen Beben. Anschließend kehrte sie wieder an ihre Arbeit zurück, ohne sich auch nur das Geringste anmerken zu lassen. Dann war es endlich siebzehn Uhr. Maryse zwang sich, nicht sofort zu den Fahrstühlen zu stürzen, sondern eine ruhige und gelassene Haltung zu bewahren. Als sie gerade losgehen wollte, bat ihr Chef sie, noch einen letzten Brief aufzusetzen, für den sie nicht einmal zehn Minuten brauchte, doch wurde sie nun ungeduldig, sogar gereizt. Inzwischen hatte sich die Etage geleert, und Maryse wartete als Einzige auf den Aufzug, der lange nicht kam. *(Fortsetzung ab Seite 156)*

Der Aufzug kam nicht. Voller Ungeduld drückte Anne ein weiteres Mal auf den Knopf. Nichts rührte sich. »Warum ausgerechnet heute?«, dachte sie. Jeden Tag benutzte sie dieselben Aufzüge, die immer tadellos funktionierten. War das ein Wink des Schicksals? Sollte sie ihre Entscheidung vielleicht noch einmal überdenken und ihren fest gefassten Entschluss aufschieben, diese Sache ein für alle Mal zu Ende zu bringen? Nein, zu ihrem eigenen Wohl musste sie sich aus dieser Hölle der Lust und der Leidenschaften befreien und alles, was an Erwartungen, Begierden und Verstrickungen damit zusammenhing, endgültig hinter sich lassen.

Jetzt oder nie.

Endlich kam der Aufzug, und Anne trat entschlossen ein. Zum ersten Mal ging ihr die kitschige Musik aus dem Lautsprecher nicht auf die Nerven. Sie war seltsam gelöst. In der dreiundzwanzigsten Etage hielt der Lift, und eine Frau, die Anne nicht sofort erkannte, trat ein. Dennoch wirkte ihr Lächeln irgendwie vertraut. Dann erinnerte Anne sich an die kleine Brünette von jenem besagten Tag, an dem sie Alexandre im Parkhaus begegnet war. Wie die sich verändert hatte! Sie sah hinreißend aus …

Im Erdgeschoss angelangt, stellte Anne mit Erstaunen und Enttäuschung fest, dass die junge Frau geradewegs auf Alexandres Laden zusteuerte. Sie würde warten müssen. Oder ihren Plan vertagen … Doch Anne wollte nicht nach Hause gehen, bevor sie nicht den erlösenden Schritt getan hatte. Die beiden Frauen betraten daher gleichzeitig den Laden, und Anne bemerkte freundlich, dass sie Zeit habe und warten könne. Doch die andere schien zu zögern. Alexandre stand nicht hinter seinem Tresen. Nach einer Weile hörten sie aus dem kleinen Hinterzimmer Flüstern. Dieses Zimmer, in dem Anne solche Wonnen genossen hatte, in dem alles Mögliche hätte passieren können oder vielleicht hätte passieren sollen …

Und aus genau diesem Raum tauchte plötzlich Emilie auf, mit noch zerzausteren Haaren als sonst, glühenden Wangen und einem triumphierenden Lächeln auf den Lippen.

Dieser Vorfall rüttelte die Ehefrau, die um ein Haar zur Ehebrecherin geworden wäre, ein für alle Mal wach. Wo hatte sie nur ihren Kopf gehabt? Fast hätte sie das Unwiderrufliche getan und sich zu einer Handlung hinreißen lassen, mit deren Konsequenzen sie bis ans Ende ihrer Tage hätte leben müssen! In diesem Augenblick schwor sie sich endgültig, künftig all ihre Energie in ihre Ehe zu stecken. Sicher würde sie Alexandres Anblick immer wieder durcheinanderbringen, zumindest noch für eine gewisse Zeit. Sie musste also versuchen, ihn zu meiden, bis er für sie so anonym geworden war wie die Tausende anderer Menschen, die in diesem Gebäude arbeiteten. Das war vermutlich das einzige Mittel, sich aus seinem Bann ein für alle Mal zu befreien.

Zur Bekräftigung dieser glücklichen Wendung der Ereignisse lud Anne ihren Mann am Valentinstag in das neue französische Restaurant in ihrem Viertel ein. Als sie ihn zum Aperitif an der Bar des Hausrestaurants, in ihrem Bürokomplex erwartete, entdeckte sie Emilie in Begleitung eines blonden Jünglings. »Na, sieh mal einer an! Sie hat für Alexandre schon einen Ersatz gefunden!«, dachte sie spöttisch. Dann sah sie endlich Laurent, der zum einen von einem gut aussehenden Mann begleitet wurde, den sie nicht kannte, und zum anderen von … Alexandre. »Was sucht der denn hier?«, fragte sie sich in einem kurzen Anflug von Panik, bevor sie ihren Mann mit einem warmen und zugleich verführerischen Lächeln begrüßte. Sie küssten sich, Laurent wandte sich um und erklärte:

»Liebling, das ist vielleicht ein Zufall! Das ist Alexandre, Oliviers neuer Hockeytrainer!«

Anne konnte nur verwirrt mit dem Kopf nicken. Sie nahm so gut wie nichts mehr um sich herum wahr und merkte erst gar nicht, wie sich die kleine brünette Frau aus dem Fahrstuhl nebst einem Mädchen und ihrem blonden Begleiter ebenfalls zu ihnen gesellte. (*Fortsetzung ab Seite 159*)

Emilie beendete ihren Arbeitstag in Hochstimmung. Sie wollte gleich jetzt zu Alexandre und ihm vorschlagen, nächste Woche am Valentinstag »offiziell« mit ihr auszugehen. Eine entsprechende Werbung in der Bar ihres Bürohauses hatte sie auf die Idee mit dem Valentinstag gebracht. Dort sollte dieser Feiertag, den sie früher furchtbar kitschig fand, mit »Liebescocktails« begangen werden. Seit kurzem fand Emilie, dass dieses Datum durchaus seinen Reiz hatte … Es war die ideale Gelegenheit, um mit Alexandre weiterzukommen. Das ganze Ausmaß ihrer Verliebtheit würde sie ihm vielleicht nicht gleich zeigen. Darüber erschrak sie ja selbst immer noch. Nein, sie würde äußerst behutsam vorgehen. Sobald Alexandre Feierabend hatte, würden sie beide sich in der Bar treffen, dann fein essen gehen und anschließend die Nacht miteinander verbringen. Es sollte der Beginn einer leidenschaftlichen, in jeder Hinsicht außergewöhnlichen Beziehung werden.

Der Fahrstuhl war vollbesetzt mit Leuten, die ihren Tag im Büro beendeten, und Emilie fand, dass sie alle irgendwie verbraucht und abwesend aussahen. Wohingegen sie selbst sich doch gerade so unwahrscheinlich präsent und lebendig fühlte! Als sie endlich im Erdgeschoss ankam, preschte sie durch die Menge, um schnell zu Alexandre zu gelangen, der sie genauso sehnsüchtig erwarten musste.

Sie war enttäuscht, als sie ihn nicht hinter seinem Tresen vorfand. Wo konnte er denn sein? Sein Laden wirkte menschenleer. Sie räusperte sich und versuchte, sich mit ein paar dezenten Geräuschen bemerkbar zu machen, in der Hoffnung, er würde dann von irgendwoher auftauchen. Doch nichts geschah. Sie trat also hinter den Tresen und hielt nach einem Stift und einem Zettel Ausschau, um ihm eine Nachricht zu hinterlassen. Da bemerkte sie, dass die Tür zum Hinterzimmer nur angelehnt war. Emilie näherte sich auf Zehenspitzen und, um ihm eine neckische Überraschung zu bereiten, knöpfte sie ein paar Knöpfe ihrer Bluse auf.

Dass es eine Überraschung war, konnte man wohl sagen. Emilie sah zuerst Alexandre, der ihrem Blick seinen wohlgeformten Rücken darbot. Er war so riesig, dass sein Körper fast vollständig die andere Frau verdeckte, von der nur ein paar leicht gespreizte Beine in schwarzen Seidenstrümpfen zu sehen waren. Emilie folgte der Bewegung von Alexandres Armen und seinen kräftigen Händen, die eine fremde Taille umschlangen, fremde Hüften streichelten und einen fremden Rock zerwühlten. Das Paar liebkoste sich schweigend und schien von unglaublichem Verlangen gepackt zu sein. Verwirrt, gekränkt und sprachlos vor Wut rührte sich Emilie eine ganze Weile nicht. Dann schlich sie sich so leise, wie sie gekommen war, wieder aus dem Laden und fuhr nach Hause. Bittere Tränen flossen über ihr hübsches Gesicht.

Emilie blies ein paar Tage lang Trübsal. Sie war hin und her gerissen zwischen dem Wunsch, Alexandre wiederzusehen und das, was sie in seinem Laden gesehen hatte, einfach zu vergessen, und dem unbändigen Verlangen, ihn selber leiden zu sehen. Schließlich beschloss sie, das Vergangene hinter sich zu lassen. Aber das war leichter gesagt als getan. Sie brauchte jemanden, um wieder auf andere Gedanken zu kommen und sich ein wenig abzulenken. Also gut, würde sie den Valentinstag eben ohne Alexandre verbringen. Doch das hieß schließlich nicht, dass sie ihn allein verbringen musste! Sie kam also noch einmal auf den blonden jungen Mann mit den fröhlich lachenden Augen zurück, den sie kurz vor ihrer Begegnung mit Alexandre im »Neon« getroffen hatte. Er war interessant, lustig und würde sie bestimmt in null Komma nichts diesen undankbaren Flegel vergessen lassen.

Am Valentinstag konnte sie sich in der Bar des Bürohauses von der Richtigkeit ihrer Entscheidung überzeugen. Ihr junger Verehrer genoss sichtlich ihre Gegenwart und war absolut hinreißend. Plötzlich aber stand er auf und führte Emilie zu einer Gruppe Leute, zu der … auch Alexandre gehörte. Alexandre und die beiden anderen Frauen, die Blonde und die Brünette, die sich etwas perplex ansahen. Die schon wieder! Zögerlich folgte Emilie ihrem blonden Begleiter.

»Emilie, darf ich vorstellen, mein neuer Mitbewohner Alex …«

»Nicht nötig, wir kennen uns bereits«, entgegnete Emilie spitz. *(Fortsetzung ab Seite 159)*

Als die Aufzugtür sich öffnete, sah Maryse bereits eine Frau im Lift stehen, und sie erkannte in ihr sofort die elegante Blonde, die sie am Tag ihrer ersten Begegnung mit Alexandre so beneidet hatte. Maryse lächelte freundlich und ließ sich die Unruhe, die ihr die Kehle zusammenschnürte, nicht anmerken. Als der Fahrstuhl das Erdgeschoss erreicht hatte, stellte sie erschrocken fest, dass die Blonde dieselbe Richtung einschlug wie sie. O nein! Sie hatte keine Lust, ewig zu warten, bis Alexandre mit der anderen Kundin fertig wäre und dann endlich Zeit für sie hätte. Sie hatte das dringende, unbändige Bedürfnis, sich in seinen Armen wiederzufinden. Die Blonde verkündete, sie habe es nicht eilig, sie könne warten, doch Maryse zögerte. Sie sah, dass Alexandre nicht wie gewohnt hinter seinem Tresen stand. Dann hörte sie aus dem kleinen Hinterzimmer Flüstern. Dort, wo Maryse neulich geglaubt hatte, vor Wonne fast zu zergehen. Und von wo in diesem Augenblick Emilie auftauchte, mit Wangen so rot wie ihr Haar, zerwühlten Kleidern und einem triumphierenden Lächeln auf den Lippen.

Maryse stand einen Moment lang wie erstarrt und suchte Alexandres Blick. Seine grünen Augen wanderten von ihr zu der blonden Frau und anschließend wieder zurück, und da verstand Maryse. Sie verstand, dass es neben ihr nicht nur Emilie, das Mädchen mit der roten Mähne, gegeben hatte, sondern auch diese blonde Frau. Und dass sie so unglaublich naiv gewesen war, allen Ernstes zu glauben, dieser herrliche junge Mann würde tatsächlich etwas für sie empfinden. Sie machte auf dem Absatz kehrt und verschwand, ohne sich anmerken zu lassen, wie wütend sie war. Nicht auf Alexandre war sie wütend. Sie war wütend auf sich selbst.

War es schon zu spät, um Philippe zurückzuerobern? Wenn sie versuchen würde, ihm alles zu erklären – vorausgesetzt, er wäre bereit, sie anzuhören! –, könnte er sie dann möglicherweise verstehen? Maryse rief ihn an, doch er wollte sie nicht sehen. Sie gab nicht auf und versuchte es jeden Tag aufs Neue, bis sie ihm irgendwann wenigstens ein paar Brocken ihres Schuldbekenntnisses zu Gehör bringen konnte. Zunächst widerstand er noch, doch sie spürte, wie er langsam nachgab und sich allmählich von ihr erweichen ließ. Sie nahm den bevorstehenden Valentinstag zum Anlass, um ihn zu einem richtigen Rendezvous einzuladen, bei dem sie einander wieder näherkommen und neues Vertrauen füreinander fassen konnten. Schließlich nahm er ihre Einladung an. Maryse schwebte auf Wolke sieben. Er versprach, sie am Donnerstagabend, dem besagten Valentinstag, in der Bar ihres Bürogebäudes abzuholen. Maryse war ihm so dankbar, dass sie beschloss, alles daran zu setzen, um diesen gemeinsamen Abend zu einem unvergesslichen Erlebnis werden zu lassen.

Sie war so froh über Philippes Eintreffen, dass sie eine Weile brauchte, um seine Verwandlung zu bemerken. Er hatte endlich seinen Schnurrbart abrasiert, sich eine neue Brille und einen neuen Haarschnitt zugelegt. Er trug schicke Klamotten, und sein Auftreten war insgesamt viel sicherer. Nicht wenige Frauen drehten sich nach ihm um. Was für ein Glück, dass er bereit gewesen war, sie wieder zu treffen und ihr zu verzeihen! Dann erst erkannte Maryse seinen Begleiter – Alexandre! Wie auch die große Blonde aus dem Fahrstuhl, die irgendwie benommen aussah und am Arm eines verführerischen Mannes an der Bar stand. Unzählige Fragen schossen Maryse durch den Kopf, doch da hatte Philippe sie schon entdeckt. Sie würde sich diesen Abend nicht von Alexandres Gegenwart vermiesen lassen. Philippe küsste sie zur Begrüßung und wandte sich überraschenderweise an Alexandre. Dabei sagte er:

»Maryse, lass mich dir endlich meinen kleinen Bruder Alexandre vorstellen! Ich wusste ja, dass er jetzt in Montreal ist, aber stell dir vor, sein kleines Geschäft befindet sich ausgerechnet hier, in diesem Gebäude! Was für ein Zufall, nicht?«

Maryse stammelte eine kaum verständliche Antwort und musterte die Blonde, die genauso perplex und ratlos dreinblickte wie sie. Ihre Verwirrung wurde noch größer, als sie das junge Mädchen mit den roten Haaren entdeckte, das im Schlepptau eines jungen Mannes mit fröhlichen Augen zögernd auf sie zukam. *(Fortsetzung ab Seite 159)*

Alexandre strahlte über das ganze Gesicht. Spöttisch und aufsässig war sein Blick. Selbstsicher und arrogant. Die drei Frauen, die erneut der Zufall zusammengeführt hatte, fragten sich, warum ihnen seine selbstverliebte Art nicht früher aufgefallen war. Zweifellos hatten sie sich von anderen Aspekten seiner Persönlichkeit zu sehr blenden lassen …

Dann betrat eine junge Frau die Bar. Sie gehörte zu dieser Sorte Püppchen, die Anne auf die Palme brachte, Maryse völlig entmutigte und Emilie gründlich auf die Nerven ging. Dieser Typ Zicke, auf den allem Anschein nach viele Männer abfuhren: groß, mit lächerlich langen Beinen, die auf Schwindel erregenden Pumps umherstakten, einem eindrucksvollen Dekolleté, das ein beredtes Zeugnis von den wundersamen Möglichkeiten der Schönheitschirurgie darbot, mit schreiendem Make-up, roten, sinnlichen Lippen, mit langer platinblonder Mähne und einem perfekt gebräunten Teint. Schadenfroh malte Anne sich aus, wie welk diese Frau in zwanzig Jahre aussehen würde. Maryse musste schwer schlucken. Mit offenem Mund und neidverzerrten Zügen stand sie da und sah, wie die Blondine auf Alexandre zusteuerte. Emilie musste sich beherrschen, ihr kein Bein zu stellen, denn die Vorstellung, diese Tussi von ihren Stelzen fallen zu sehen, hatte zugegebenermaßen etwas sehr Verlockendes.

Selbstbewusst und sicheren Schrittes kam die Frau auf Alexandre zu, der sie mit einem eroberungslustigen Lächeln auf den Lippen begrüßte. Ach, er war ja so stolz auf die Wirkung, die seine neueste Flamme auf die anderen Anwesenden hatte! Er stand von seinem Barhocker auf, um sie zu küssen, doch die Dame griff lieber nach dem Bier in seiner Hand ... und goss es über seinem Kopf aus.

»Happy Valentine, mein Schatz!«, zischte sie.

Dann verschwand sie wieder. Hier und da wurde applaudiert, gelacht.

In diesem Moment sahen sich Anne, Maryse und Emilie mit einem schelmischen Lächeln an, hoben ihre Gläser und wünschten sich mit ihren Blicken gegenseitig einen wunderbaren Valentinstag.